JN330010

ネット・ジャーナリスト
リチャード・コシミズ

リチャード・コシミズの小説ではない小説

日本の魔界

SEIKO SHOBO

◉目次

［装幀］……………………フロッグキングスタジオ
［装画］…………………… The Fall of the Magician
Pieter Bruegel the Elder
The Metropolitan Musiam of Art
Published by Hieronymus Cock

日本の魔界

長〜い前書き

世の中には、新聞を隅から隅まで読んでも、片っ端から噛み砕いて飲み込んでも、テレビのニュースを延々と10時間観ても、テレビをぶったたいて四の字がためにしても、水をぶっ掛けても、わからないものはわからない……ことがあります。わからないことをそのまま放置しておくと、ストレスで体を壊したりします。わからないことは、とりあえず、探求する。それが科学の基本的アプローチ手法です。脳細胞は使うためにあります。

311東北大地震

311地震は2万を超える東北の人たちの命を奪い、生き残った人たちをも不幸のどん底に落としました。天災だから、仕方がない？　本当にそうでしょうか？

地震直後、テレビの画面に登場した気象庁の担当者は、「3つの大きな地震が連続して発生した、過去に経験したことのない地震だった」と、極めて異例な地震であったことに言及しています。大きな地震が3連続するなど、地震観測史上初めてのことであり、確率的にはほとんどありえないことだったのです。人工的に起こしでもしない限り、「ありえない」地震だったのです。その後、この担当者は二度と登場しませんでしたが。

311地震の地震波の波形を見ると、自然地震の特徴であるP波がなく、初っ端から強いS波が連続の形で現れています。S波しかない地震は、核爆発の際発生する人工地震の特徴です。

地震そのものでは倒壊した建物はほとんどなく、数十分して到来した大津波により多くの命が奪われました。その直後の東北の沖合には早くも米海軍の空母、ロナルド・レーガンが駆けつけていました。まるで、地震の発生を事前に知っていたかのように。

地震の数日前に、茨城県の鹿島灘の海岸に数十頭のゴンドウクジラが打ち揚げられ、砂浜で死にました。同じことが、ニュージーランド地震の直前にも起きています。報道によると潜水艦が発するソナー音が特定の鯨の聴覚器官を損壊し、結果、大量の海岸打ち揚げの結果となるそうです。

東北沖の海中で、潜水艦が多数航行して、なにやら、ソナーを使った作業を行えば、ゴ

ンドウクジラが影響を受けることもあるでしょう。ちなみに、日本海域で航行する潜水艦は、米国海軍のものが多いと思われます。

地震後、東北沖の海底の調査が行われ、南北数百キロに渡る「震源域」が放射能汚染していることが判明しています。福島原発の目の前の海域ではありません。日本海溝あたりの深海に核爆弾を投入して炸裂させれば、地震、津波が起こるし海底は核汚染します。もっとも、核爆発で地殻に亀裂ができて、海水がマントル近くにも流入して高い熱と圧力により水素核融合反応が起こされて、大爆発となるわけですが。核爆発だけでは、大きな地震は起こせません。

米軍は第二次大戦終戦間際に核兵器を使った津波発生実験を繰り返し行い、ニュージーランド沖で高さ35メートルもの津波を発生させることに成功しています。その旨、最近公開された米公文書にしっかりと記載されています。

実際、1944年の12月には、東海地方で「東南海地震」が発生し、中島航空機など日本の軍需産業の根幹工場が破壊されました。これにより日本の「継戦能力」は失われました。地震の前には米爆撃機B29が「米国式の地震を起こす」と予告ビラを被災地域に撒いています。現物をネット上で見ることができます。地震のあとには「地震の次には何をお見舞いしましょうか?」というビラが撒かれたとNHKの番組で証言されています。

311地震により、福島原発の原子炉が破損し、放射性物質が飛散流出したと言われます。だが、東電の技術者たちは、「原子炉は地震程度で破壊はされない構造だ、これは外部からのテロだ」と口を揃えていいました。だが、メディアはそんな現場の声を報道しませんでした。

地震後数日たって、「水素爆発」が発生して、原子炉の建屋（たてや）の屋根が吹き飛びました。建屋内部に溜まった水素ガスに引火して爆発が起きたとのことでした。爆発の映像はテレビでも放映されましたが、無音でした。しかし、海外の報道では「3回の連続した爆発音」が聞こえました。水素爆発なら一回の「ボン」という音しかしないはずです。この「爆破音」とも呼ぶべき音声はなぜ消されて日本では報道されたのでしょうか？

福島原発の安全管理を請け負っていたのは、イスラエルのマグナBSPという会社でした。新聞記事にもそう書かれています。地震後、放射能漏れを阻止できなかった東電に批判が集まりましたが、なぜか、マグナ社の責任は追及されず、報道機関も一切触れていません。

マグナBSPは、福島原発の数カ所に監視カメラを設置していました。その形状が小型の核兵器に酷似していると海外の専門家が指摘しています。極めて威力の小さい核兵器を福島原発で使えば、周辺に多少の放射能が飛散します。そうなると、福島原発の原子炉が

損傷して放射能が漏れていると主張することができます。

当時の民主党政権の顧問格の人が、「福島原発の汚染水の海への放出は米国からの強い要請により実施された。放出された汚染水はごく少量だった」と海外メディアで発言しました。そして、なぜか、翌日、発言を撤回しました。福島原発からの汚染水の放出が、東北太平洋の放射能汚染の原因だとしたい人たちがいたならば……「汚染水を海に流せ」と強く要求したことでしょう。311地震後、菅直人総理の官邸に米国人が常駐して311地震の対応の〝指示〟を出していると報道されました。311地震と米国とに何か関係があるのでしょうか？

政府は福島原発が極めて危機的状況にあり、レベル7、チェルノブイリを超えた段階にあると宣言しました。事実なら大変なことです。日本の国土の北半分には人が住めなくなります。実際に九州や海外に逃げた人もたくさんいたようです。一家離散、離婚、自殺すら生んだようです。

しかし、結局、誰ひとり被曝して死んだ人はいないのです。東電の職員ですら一人も被曝で死んではいません。民間に被曝症状を訴える人は数名はいるようですが、一人だけ孤立して被曝するなどありえません。周辺の多くの人が同じ症状を示すはずです。

炉内の燃料棒のメルトダウン、メルトスルーが起きていると聞きました。そうであるならば、夥しい量の放射性物質が排出され、周辺の放射線量は急上昇しているはずです。だが、線量は低下の一途を辿っています。なにかおかしい。一部の人は、燃料棒が最初から抜かれていてエアー放射能漏れだったと指摘しています。それなら、全ての辻褄が合います。全てが説明できます。

２０１３年の末、燃料棒プールから燃料棒を移設する作業が始まりました。ひとつ間違えれば大惨事になります。周辺の住民を避難させてから慎重に実行すべきですが、なにやら、政府もほとんどこの件に触れず、メディアも沈黙しています。エアー移設なら納得ですが。

放射能汚染を喧伝する「放射能パニック扇動チーム」のごときが存在します。やたらに危険を煽りますが、結局、誰ひとり被曝症状など見せていません。

もし３１１地震と放射能騒ぎがなかったら……大変困っていたであろう人たちがいます。金融危機に見舞われた欧州。国家デフォルト危機にある米国。もし、日本だけが比較的健全な経済を維持していると、世界の余り金がどんどん、東京に流れ込んでしまいます。今まで、ニューヨークのウォール街に流れ込んでいた世界の金の流れはストップしてしまいます。誰も米国債を買わなくなります。そうなると米国は国家破綻してしまいます。

３１１大地震のおかげで、リスクを恐れる世界の余り金は、仕方なく、東京ではなくＮ

Yへと流れて行きました。米国の金融支配者たちは胸をなでおろしたことでしょう。放射能パニックは、日本人の勤労意欲を失わせ、家庭生活を崩壊させます。国の中がザワザワと落ち着かず、国力が削がれます。国家は、そんな時に戦争へと誘導されます。極東の戦争を待ち望んでいる米国の一部の人たちには、この上ない極東戦争の下準備となりました。

3 1 1は本当に自然の地震であったのでしょうか?

12・16衆院選と7・21参院選

国民の大半は、隣国との戦争危機などが最大の関心事ではありません。消費増税反対、TPP加盟反対、原発全廃が国民の総意でした。しかし、選挙の結果は、自民公明の大勝利でした。TPP反対派、原発反対派はまるで選ばれたかのように根こそぎ落選しました。そして、「好戦派」ばかりが当選しました。

夜8時の開票と同時に自民公明の候補の当確ラッシュが始まりました。8時といえば、まだ、投票箱が開票所に送られる前です。一票も開票されてない時点でどんどん当選が決まっています。出口調査の結果から当確が打たれていると説明されますが、そんなことは過去の選挙ではなかったことです。過去の選挙では、最後の最後まで一部の当選者は確定せず、やきもきしたものです。開票速報のニュースを見てなにやら嫌な気分になって5分でテレビの前を去った人たちがどれだけいたことか。

投票所は長蛇の列でした。こんな混雑は初めての経験だったと皆が述懐しています。だが、ニュースでは「戦後2番目に低い投票率だった」と発表されます。おかしなことです。選挙前のアンケートでは「投票に行く」と答えた人が90%を超えていたのに。なにか開票で不正を行おうと思えば、投票数は少なかったことにして改竄しやすい状況を作りたくなるのではないでしょうか。

投票所の投票時間が勝手に繰り上げられて、一部では2時間も早く投票が締め切られています。そんな投票所が全国で多数発生しました。なぜ、その必要があるのか？　長崎県諫早市の市議会ではその追及が行われ、選管責任者の説明は噴飯もので失笑を買いました。票の改竄を行いたい人たちがいたなら、早いところ投票を締め切って、改竄作業に取り掛かりたいはずです。

開票所で立ち会った開票立会人は、同じ筆跡の票が次々出てくることにびっくりしました。自分があえて赤のボールペンで書いた票が見当たらない。まるでコピーか印刷したようにおかしな色合いの票がどんどん出てくる。汚い書きなぐったような票が連続する。本物の票を廃棄し、かわりに数名の人物が大量のニセ票を量産したならそうなるでしょう。立会人がおかしな票に疑問を呈すると、選管の人が「早く処理しろ」とせっついてくる。自民公明の立会人も票の精査の妨害をしてくる。

選挙後、全国の高裁に「不正選挙追及行政訴訟裁判」がたくさん提起されました。裁判官は、まるで被告の選管の味方であるかのように、審理をさせず一回の口頭弁論で結審させようと画策する。原告も傍聴人も大挙して立ち上がり、裁判官の暴挙に大声で抗議する。その光景は秘密裏に撮影され、ネットで公開される。

法廷の騒ぎがネット公開されるなど、前代未聞の事態です。大ニュースになって、日本全国で騒ぎになって当たり前です。

だが、メディアはほとんど報道しない。報道すれば、「不正選挙」「不正裁判」に衆目が集まってしまうからでしょうか？　判決になると「原告の訴えを却下する。以下省略」なる15秒の判決が言い渡され、解説もない。傍聴席は怒り心頭となり、裁判長を揶揄する替え歌を裁判長の目の前で、集団で合唱する。これも前代未聞の事態です。

だが、メディアは一切触れない。しかし、ネット上には盗撮動画が何本もアップされてたくさんの人に鑑賞される。じわじわと「不正選挙」の情報がネットで共有されることになる。裁判所は焦り狂い、１００名にも達する警備陣を動員して、傍聴人や原告の身体検査を徹底的に行う。法廷入口にはバリケードが設けられ、一人ひとりのボディーチェックが行われる。盗撮機器の持ち込みをひどく恐れているのです。これも前代未聞の事態です。

そして、原告団は敗訴を最初からの既成事実と見ていて、すぐに最高裁への上告をする。一日も早く不正選挙裁判を終わらせて有耶無耶（うやむや）にしてしまいたい人たちは、ただただ頭を抱えることでしょう。

政権を奪取した自民公明は選挙前の公約を次々と無視して、TPP交渉を強引に進め、消費増税を決めました。そして、「戦争準備」のごとき法案の成立に邁進します。憲法9条の改正、集団的自衛権の解釈の変更、特定秘密保護法案、日本版NSCの創設、通信傍受の合法化、武器輸出三原則の見直し、などなど。どれもこれも選挙前の公約にはなかった事案ばかりです。

そして、安倍晋三は最悪のタイミングで靖国神社に参拝します。これで、日中、日韓関係は地に堕ちました。

アジアの日中韓経済強国の経済的結合を恐れる米国の金融マフィアにとって、安倍の靖国参拝は願ってもないことでした。それでいて米国は安倍の参拝に苦言を呈しました。安倍の背後に米国権力がいると確信する人たちは、この猿芝居に爆笑しました。

安倍政権が繰り出す、様々な「国家統制」「戦争惹起」の方策は、自民公明が選挙で大勝したからこそできることです。その選挙が不正選挙であったのなら……それ以降に起こされているすべてが外国勢力の策略の結果であると看做すべきです。

不正選挙はあったのでしょうか？

911同時テロ

911とそれ以降の米国の軍事行動はわけのわからないことだらけです。むしろ理解できることの方が数えるほどしかありません。

イラクに侵攻したのは、大量破壊兵器を所有しているはずだと判明したからですよね？それで、実際に占領してみたら、何も見つからなかったですよね。それなら、「占領の名目はなかった」のですから、米英は即時撤退すべきではないのですか？さらには、何の関わりもない日本が派兵するなんて、どう考えても理解できないのですが？

大量破壊兵器は、侵略のための言い訳だったのですか？本当の目的は何だったのですか？小泉元首相は、なんでこんな異常な米英の行動に追従したのですか？なにか、密約でもあるんですか？誰の差し金ですか？

毎日新聞　2003年3月26日付

IAEA：米の「イラクのウラン輸入文書」は偽造　高官が明示

【ウィーン福井聡】国際原子力機関（IAEA）高官は25日、米国が主張する「イラクがニジェールからウラン500トンを輸入しようとした」とする証拠文書について、「（同機関の）数時間の調査で偽造と判明した」と明らかにし、「イラクの核開発計画の再開は確認されていない」との立場を確認した。ロイター通信によると、IAEAのイラク核査察チームのボット団長（フランス人）は仏語で書かれた同文書を入手後、（1）既に4年前から無効となっている旧憲法の権限下での大統領からの手紙の形となっていた（2）大統領の署名が明らかに偽物と分かる（3）「00年10月からのウラン輸入」とする文書にある署名の外相は89年に退任した外相のものだった（4）文書の用紙は現存しない99年以前の「最高軍事評議会」の題字を使っていた――などの疑問点を数時間で発見した。その後、米国人を含む専門家による裏付け調査の結果、偽造文書と断定したという。

ブッシュ・ブレアは、イラクが核開発目的で、ニジェールからウランを購入しようとしたという「証拠書類」を提示して、フセインの大量破壊兵器計画の証拠だと主張しました。だが、IAEAの手により、あっという間に、その書類が捏造だと暴かれてしまいました。なぜ、捏造したのでしょうか？　大量破壊兵器なんて最初からないことを英米は知っていたんじゃないのですか？　イラクを攻撃する名目として利用しただけではなかったのですか？　この著しく犯罪性のある行為、全く、理解不能です。

北朝鮮の脅威から守ってくれるのは米国だけだから、日本は米国に追従しなくてはならないなんて主張する人もいました。けれども、まともな神経を持った人なら、そんな詭弁に同意はしないでしょう。北朝鮮が怖いから、イラクの民衆が米軍に殺戮されてもよいはずがありません。本末転倒です。

隣のヤクザが怖いから、遠方のヤクザが他人のシマ荒らしをやっているのに加担する？　強いヤクザにミカジメ料を払って、用心棒になってもらう？　……冗談じゃありません。仮にもわが国は、独立した国家です。

毎日新聞　２００２年12月22日付

ビン・ラディン氏　ビデオにテロ実行犯の名前　アラビア語翻訳者

【ワシントン布施広】同時多発テロの首謀者とされるウサマ・ビン・ラディン氏が同事件について語ったビデオの中で、実行犯のリーダー格とされるモハメド・アタ容疑者以外の複数のテロ実行犯の名前を挙げていたことが20日、明らかになった。アラビア語の翻訳に当たった専門家、ジョージ・マイケル氏がＡＰ通信に語った。ビデオは国防総省が13日に公開したが、マイケル氏によると、公開のための翻訳は、約12時間という「厳しい時間的制約」の中で行われた。同氏はさらにビデオの音声を聞き直し、より詳細な翻訳を19日に国防総省に提出したという。

同氏によると、ビン・ラディン氏はビデオの中でテロ実行犯のナワク・アルハムジ、サレム・アルハムジ、ワイル・アルシェハリら「多くの名前」を挙げ、「神が彼らの行動を受け入れますよう」と語っていた。その他の名前は明らかにされなかった。米メディアは、ビン・ラディン氏が多くの実行犯の名前を挙げていることで、ビデオの証拠能力はさらに高まったと報じている。

毎日新聞　2002年9月20日付

容疑者19人中、3人は別人か

【カイロ小倉孝保】同時多発テロで、米捜査当局が容疑者として発表したアラブ系19人のうち3人が18日までに、アラブ紙に「私は事件当時、米国にいなかった」などと語った。パスポートを盗まれた人もおり、なりすました別人が犯行を行った可能性もある。アメリカン航空11便に乗っていたとされるアブドル・アジズ・アルオマリ氏は93年、米コロラド州の大学に留学。95年、アパートに泥棒が入りパスポートを盗まれたという。同年12月に新しいパスポートを発行してもらい、現在はリヤドの通信系企業に勤務。テロ事件当時も会社にいたという。同氏は「米国が発表した人物は生年月日、名前が私と一緒だが、紛失したパスポートを別人が使ったと思う」と話す。

また、ユナイテッド航空93便に乗っていたとされるサイード・アルガムディ氏はサウジアラビア航空のパイロットで、8カ月前からチュニジアで研修中だ。CNNテレビで容疑者として自分の名前と顔写真が報道され驚いたという。アメリカン航空77便のサレム・アルハムジ氏も「この2年間サウジから出ていない」と関与を否定している。

ビン・ラディンが殉教者として名前を挙げていて、ＦＢＩも容疑者リストに載せている９１１実行犯のうちに、生きていて無関係だと名乗り出たサウジ人がいます。そんな馬鹿な。人違いなんでしょうか？　ビン・ラディンもＦＢＩとたまたま同じ間違いをして発表したのでしょうか？　ＦＢＩは、19人の実行犯のリストを撤回していません。全部で７人が無関係だと名乗り出ているのですが。主犯とされるモハメッド・アッタの父親は、９１１の翌日に、息子が電話をしてきたとメディアに語っています。死後の世界から電話してきたのでしょうか？　それとも、ＷＴＣ突入機に彼は搭乗していなかったのでしょうか？　なにがなんだか、わからないですね。

指名手配されているはずのビン・ラディンが、米系の病院に入院し、宿敵のはずのＣＩＡ要員と会っていたという報道もあります。なぜでしょうか？

朝日新聞　２００1年10月31日

http://www.asahi.com/intenational/update/1031/014.html

31日付仏フィガロ紙は、オサマ・ビン・ラディン氏が今年7月、アラブ首長国連邦のドバイにあるアメリカン病院に入院していたと報じた。同氏はその場で米中央情報局（ＣＩＡ）のスタッフと接触していた可能性もあるという。ＡＦＰ電によると、病院側は報道を否定した。同紙や仏ラジオが病院関係筋の話として伝えたところでは、同氏は7月４日、主治医や看護師、側近のエジプト人アイマン・ザワヒリ氏に似た男性らとともに、パキスタンからドバイに到着。腎臓結石を専門とする医師の診察を受け、14日まで入院した。病室をサウジアラビアからの訪問者ら多数が見舞った。アラブ首長国連邦駐在のＣＩＡ代表者もいたという。同氏が腎臓病を患っているとの情報は以前からあり、同紙によると、96～98年に治療のため何度もドバイを訪れた。同氏については米国を敵視する以前の80年代、ＣＩＡとの密接な関係が取りざたされていた。

ビン・ラディンは、米国にとって憎き仇敵のはずです。ところが、９１１の直前に、ビン・ラディンがドバイのアメリカン病院に入院して、腎臓病治療を受けていた。そこにＣＩＡの支局長が何度か見舞いに訪れていたというニュースを、フランスの一流紙が報道したのです。ＣＩＡの最重要の仕事は、ビン・ラディンを捕縛することだったはずです。これが事実なら、全く理解できません。

Bush Senior Met With Bin Laden's Brother on 9/11

Paul Joseph Watson

http://www.propagandamatrix.com./041203metwithbinladen.html

Comment: Despite studying September 11 for two years solid, one fact I only just discovered is that George W. Bush's father was meeting with Osama bin Laden's brother, Shafig bin Laden, in the Ritz-Carlton Hotel, Washington, on the morning of 9/11. They were on Carlyle Group business just a few miles from where hijackers supposedly acting on behalf of Osama bin Laden would fly a plane into the Pentagon.

Recall that the chief financier of the so-called hijackers, Pakistan's Chief Spy General Mahmoud Ahmad, was meeting with Bush administration officials the week before 9/11. He also met with Bob Graham and Porter Goss on the morning of the attacks, who would later go on to head the first 9/11 investigative committee.

http://www.propagandamatrix.com/new_revelations_on_911

The Bush senior/bin Laden meeting was reported on by CBC. See

http://www.propagandamatrix.com/021103fifthestate.html

日本では、全く報道されていないようですが、９１１の当日、ブッシュ大統領の父親とビン・ラディンの兄弟がワシントンで会議を持っていました。アメリカ最大の敵の一族と大統領の父親はどんな関係なのでしょうか？

ビン・ラディン一族は、ブッシュ元大統領が経営に参画しているカーライルグループの重要な投資家でもありました。９１１直後に資本を引き揚げているようですが。

なんだか、おかしいことばかりですね。理解できません。

さらに、面白い話があります。イスラエルの著名な記者が漏らした情報では、「ビン・ラディンの母親はユダヤ人で、その一族はイスラエルに住んでいる。ビン・ラディンがかくまわれているとしたら、イスラエルかもしれない。素性がばれた時にビン・ラディンの安全を守れるのは、イスラエルだけだ」というような、とんでもない話なのです。一体、なにがどうなっているのやら。

ほかにも911では理解不能なことがたくさん発生しています。そして、当局の手でそれらが解明されることもなく、放置されています。むしろ、証拠がどんどんと消されていってしまっている感があります。一体、なにが隠されているのか？

こういった疑問には、新聞もテレビも答えてくれません。なにがあったのか、誰も教えてはくれません。だから、自分で調べるしかない。誰も教えてくれないのだから、真実は自分で探すしかありません。

現代には、ネットという新しい武器があります。ネットを駆使すると、今までにできなかった情報の選択、集積と解析が可能になります。ネットを用いて疑問に自らメスを入れていくと……次第に見えなかったものが見えてきます。理解できなかったことが説明できるようになります。隠されていた「真実」、メディアがあえて報道しなかった「真実」が姿を現してきます。

イラクに侵攻した米英を小泉政権が支持した理由も明快にわかります。その米英と日本の真の支配者が同じ人物だからです。勿論ブッシュなんかではありません。小泉さんの仕事は日本の国益を全うすることではなく、その真の支配者に利益誘導することだったのです。ですから、その意味で小泉さんは、忠実に真の支配者の要求を果たし続けました。日本国民の利益は最初から、無関係です。小泉さんは、そんな枝葉末節な責任は担当していませんでした。日本の未来なんか、どうだっていいことだったのです、彼には。

ビン・ラディンが殉教者として名前を挙げた人物が生きていて不思議はありません。911のどの機にもアラブ過激派など一人も搭乗していませんでしたから。

911突入機は、軍事技術の粋を集めて作り上げた「遠隔操作機」の傑作でした。アラブのへぼパイロットなど、最初から必要のない新鋭機でした。アラブパイロットの仕事は、飛行訓練に従事していたという事実を残すことだけでした。彼らは、「テロの実行犯」として名指しされることだけが、与えられた使命だったのです。

実際のテロは、悪いですけれど、彼らよりも最新鋭のコンピューターと知能の高いユダヤ人専門家にやらせた方が、確実に成功します。そして、だいたいは予定通り成功しました。さすがにユダヤです。

「米国の宿敵、ビン・ラディン」は、表向きだけの話です。ビン・ラディンがいるという名目でアフガニスタンが侵攻され、ビン・ラディンとつるんでいるという言い訳で、イラクも攻め落とされました。

ビン・ラディンは、ブッシュ政権が軍事行動を起こす理由を作ってくれる、ブッシュの仲間内なんです。「敵役」を演じることが、CIAエージェントとしてのビン・ラディンの仕事なんです。彼が、ユダヤ人であるという情報、極めて現実味を帯びてきますね。

オウム事件

オウム真理教事件もまた、信じがたい疑惑まみれの事件です。なぜ、未解明の部分をメディアも司法も放置するのか、むしろ意図的に避けて通ろうとする、その姿勢が理解できません。いったい、どんな外部の力が働いているのでしょうか？

朝日新聞　2001年1月31日付朝刊

裁判の「サリンプラント建設事件」の詳細尋問から

1月に開かれた3回の公判では、サリンプラント建設事件に関し、滝澤被告に対する弁護側の反対尋問が続いた。建設されたサリンプラントでは、実際にはサリンは製造されなかったとされる。サリン製造が可能だったとする検察側主張について疑いを掛けたい弁護側は、詳細な尋問を繰り返した。

異臭騒動

第181回公判から、弁護側はプラントが建設された山梨県上九一色村の「第七サティアン」の検証調書を示しながら、プラントの内部構造について詳細に聞き始めた。「このタンクに入っていたのは」「この配管の繋がり方は」

「質問が細かすぎる」と検察側から異議が挟まれたが、「必要があって聞いている」と主張する弁護側は尋問を続ける。

滝澤に対する質問

弁護人「塩酸基はどこに行くのですか」

検察官「一つ一つ聞いていくと、時間もかかるし、関連性もない」

弁護人「主尋問で聞いていない。この部分については立証しない、ということか」

検察官「そうではない」

阿部裁判長「証人ができた、と言っているんだからいいじゃない」

弁護側「そんな！」と声があがった。

自分でプラント設計したはずのオウム信者が、なんで、サリンの作り方を説明できないのですか？　なんで、裁判官や検事が、弁護側の詳しい質問を阻止しようとするのでしょう？　どうして、裁判がまだ中途なのに、第7サティアンを取り壊してしまったのでしょうか？　なにか消し去ってしまいたい、忌々しい「証拠」でもあったんですか？

朝日新聞2003年12月24日付
オウム松本被告主任弁護人・安田弁護士に無罪　東京地裁
2億円にのぼる顧問先企業の財産を隠して債権者による差し押さえを封じたとして、強制執行妨害罪に問われた弁護士の安田好弘被告（56）＝第二東京弁護士会所属＝に対し、東京地裁は24日、無罪（求刑懲役2年）を言い渡した。川口政明裁判長は、安田弁護士との共謀を認めた同社元従業員らの供述の信用性を否定。「関係者の取り調べには捜査官の不当な誘導があり、一種の司法取引のような形で迎合する供述をしたとみられてもやむを得ない」と捜査を厳しく批判した。一方、検察側は判決を不服として控訴する方針を明らかにした。

なんで、麻原の弁護士は、全くの濡れ衣で別件逮捕されたんですか？　一体、なにが目的だったんですか？　弁護士の口を封じたいワケでもあったんですか？　どういう権力が、別件逮捕をさせ得たのですか？

インターネットサイト「阿修羅」♪K氏の投稿　1／4
早川、大阪府大農学部－神戸大で卒研（緑化ではなく環境工学）

卒業後神戸の建設会社（＝暴力団と同義）
その後自分の事業（＝統一協会フロント）：この間の事情不明。
オウムの経営中も事業を続けていた世界統一通商（早川メモここで発見）

オウム真理教ナンバー2の早川紀代秀は、強制捜査の時点までも、統一教会系の世界統一通商なる企業の経営者をやっていたと報道されています。オウムと統一教会は一体どういう関係にあったんですか？　ほかにもオウムと創価学会の関係を窺わせる情報もたくさんあります。これらの巨大宗教とオウムは、何の関係があったんですか？　どうして日本のメディアは、ここのところに一切、メスを入れないんですか？

【日蓮正宗大石寺をサリンで襲撃する計画も】オウム松本被告の公判で明らかに（出典不詳）
オウム真理教が、日蓮正宗大石寺をサリンで襲撃する計画を立てていたことが新たに明らかになった。これは、東京地方裁判所で行われた松本智津夫被告の公判に証人として出廷した元教団幹部、中川智正被告の証言でわかったもの。証言によると、中川被告は、松本サリン事件の前の1994年6月、遠藤誠一被告、新実智光被告とともに、静岡・富士宮市にある日蓮正宗大石寺にサリンをまくための下見に行ったという。中川被告はこれについて、「サリンをまくための候補地だったと聞いた記憶があるが、なぜ大石寺を襲撃しようとしたかはわからない」と述べた。

オウムはなぜ、大石寺を叩こうとしたのでしょうか？　大石寺といえば、創価学会の天敵です。創価学会は、過去にも暴力団、後藤組を使って大石寺を襲撃したようなこともあったようです。オウムと創価の間には、どんな関係があったのでしょうか？　記事に名前の出てくる新見被告は、元創価学会の信者と聞いています。なんだか、闇がとっても深そうですね。

さて、それでは種明かしです。

オウムの滝沢がサリン・プラントの技術説明ができなかったのは、至極当然です。第7サティアンはもとよりサリン・プラントなどではありませんでした。あれがサリン・プラントなら、オウムの信者も上九一色村の住民の半分も、もうこの世にはいないはずです。第7サティアンは、覚醒剤とＬＳＤの製造設備だったのです。だからこそ、そそくさと取り壊されたんです。闇の世界の麻薬シンジケートの皆さんのご意向で。

麻原の弁護士が逮捕されたのも当たり前です。麻原に真実を語らせれば、裁判自体が最初から全て虚構の積み重ねだとばれてしまいます。麻原はオウム事件の主人公ではなかったのです。端役・広告塔に過ぎない人物なのです。オウム事件は、オウムなどといった取るに足らないカルト組織の犯行ではありませんでした。その道のプロの仕事です。余計な真実の追究をする弁護人は、「組織」が口を封じて当然です。

オウムにほかの宗教団体が関与していたのは、何も不思議はありません。ほかの巨大宗教団体の傀儡として育成されたのがオウムなんですから。本家の教団ではできない裏仕事を遂行する場所として、オウムが作られ、利用されたのです。既存カルトの傘下組織に過ぎないのです。オウムもほかの巨大宗教組織群も、ひとつの同じ勢力なんです。日本人ではない単一の勢力なんです。

ユダヤ問題

もっと古い話ですけれど、ユダヤにまつわるお話にも理解不能なことがたくさんあります。

ジャーナリストの発見した陰謀機関

1938年のユダヤ人人口は、ユダヤ人協会発表では1568万1259人とされています。また、1948年のニューヨーク・タイムズ紙上では、世界のユダヤ人口は1870万人と発表しています。そして、この間600万のユダヤ人が死んでいるとしているのです。

三年前の終戦直後、ユダヤ人口は968万人のはずですが、それが三年後の1948年に突如、1870万人に増えてしまった。そして、この問題に対しては、ユダヤ人であるジョセフ・バーグという国際調査団のメンバーが、ヨーロッパ中の収容所を視察し、アウシュビッツも調査した彼は、伝えられているような拷問や残虐行為は無かったとして、本に纏めました。しかしユダヤ協会の圧力を恐れた西ドイツ当局は、世界世論に恐々として、バーグ氏の本を発禁とし、彼を逮捕しようとしたのです。

第二次世界大戦でナチスは、ユダヤ人600万人を抹殺したそうです。とんでもないことをしました。ところが、戦争が終わって三年たつと、ユダヤ人の人口は、戦前に比べて300万人も増えてしまっています。600万人減ったはずなのに……全然、計算が合いません。ユダヤ人はハツカネズミのように子作りに励んだのでしょうか？　それとも600万人という数字に大幅な誤りがあるのでしょうか？　その600万という大きな犠牲を払ったユダヤ人は戦後、悲劇の主人公として世界から保護され、特権を与えられてきました。しかし、その600万という数字が嘘だったとしたら……。

アウシュビッツでは狭いガス室にユダヤ人を詰め込んで大量殺戮したそうです。ですが、どこをどう探してもそんなガス室の痕跡が見つかりません。ガス室があったという証言すら、まともにありません。とても処分しきれない数の処刑が、狭い施設で行われたことになっているのですが、死体を焼く焼却炉はないし、焼いた後の灰も残っていない。

確かに収容所で死んだ人たちはいるのですが、多くがチフスにやられたようです。アンネ・フランクもそうでした。なんだか、とても大きな嘘がつかれているように思うのですが。


ユダヤ人の仇敵、アドルフ・ヒットラーにユダヤの血が流れているのでは？　という噂はかなり以前からありました。最近の研究では、ヒットラーの祖父に当たる人物が、欧州ユダヤ社会の頂点に立つ、ロスチャイルド男爵家の当主だったのではないかという疑惑が持ち上がっています。信憑性はかなりあると思います。

そして、ヒットラーのナチスに資金を注入した資本家たちの名前もわかってきました。ウォーバーグ、モルガン、ロックフェラー……驚いたことに錚々たるユダヤ財閥の名前が並んでいます。ヒットラーのスポンサーはユダヤだった。なんということでしょうか？　頭をかきむしりたくなります。

ナチスと対峙して戦ったのは共産党のソ連でした。壮絶な戦いでした。そして、不思議なことに、ソ連共産党を作った人たちは、みな、ユダヤ人でした。マルクス、エンゲルスという思想家は勿論のこと、実行為者であったボルシェビキのレーニンもトロツキーもユダヤ人だったのです。そして、驚いたことに、ボルシェビキのスポンサーもまた、ユダヤ人でした。レーニン、トロツキーは、ロックフェラー、ロスチャイルドの支援を受けて、アメリカと英国からモスクワに送り込まれ、ボルシェビキを指導したのです。ソ連の赤色革命はユダヤの革命だったのです。

帝政ロシアは、日本と苦しい日露戦争を戦っていました。日本は決して優勢ではありませんでしたが、クーン・ロエブなるユダヤ人が、アメリカで日本国債が売れるように取り計らってくれました。アメリカのユダヤ人は、ユダヤ人に圧制を加える帝政ロシアを日本の手でたたかせようと、こぞって、日本の戦時国債を買いました。おかげで帝政ロシアは倒れ、代わってユダヤ人・レーニンのボルシェビキが、世界初の共産国家樹立に成功したのです。

ということは、ナチスもソ連も同じユダヤ人が資金援助して作り上げ、互いに戦わせたということです。

一体、なにを考えているのでしょうか？　気でも狂ったのでしょうか？

ユダヤ富豪たちは正気でした。全然、気など狂っていませんでした。ナチとソ連の両方を資金援助した成果は十分現れています。ナチのユダヤ人迫害のおかげで、欧州のユダヤ人たちは、故郷を追われ、イスラエルに入植しました。ナチスは、民族意識の薄れつつあった欧州のユダヤ人に民族の自覚を取り戻させ、イスラエルという牧場の囲いの中に、そのかわいそうな羊たちを追い込むことに成功したのです。結果、人様の土地に勝手にイスラエルを建国することが許されるに至ったのです。

ヒットラーは、シオニズムの悲願であるイスラエル建国を可能にした最大の功労者です。ヒットラーにユダヤ富豪の血が混じっていても少しも不思議はありません。手法はどうであれ、ユダヤ・シオニストの野望達成に大いに貢献したのですから。ヒットラーは、ユダヤ民族の救世主です。

勿論、ユダヤ富豪たちは、戦争に乗じてたっぷり儲けました。今でも昔でも、ユダヤ金融資本は、戦争に関わる金融を独占し、武器弾薬の製造にも関与してきました。戦争は、最大の儲けの手段なのです。戦争が利益を生む。だから、21世紀の今も戦争が止むことはないのです。そして、戦争を引き起こしているのは、200年も前から同じ人たちです。ユダヤ富豪です。

こんな風に、一気にまくし立てると、ちょっと混乱されたかもしれません。でも、解ってくると、何もかも横につながった「ひとつの事象である」と知ることになります。最終的には、「911とオウム事件と311が同根であり、黒幕が同じ人物であった」「人類は長い間、同じ連中に騙され続けてきた」という結論に、あなたも同意されると思います。

日本と世界を支配する一握りの人たちが、911、311に続いて、これからなにを引き起こそうとしているのか、一緒に追究してみませんか？（もっとも、ある程度の知性を必要としますが）。

メディアは真実を伝えてくれません。さあ、それでは私たち自身の手で、真実を掘り起こそうではありませんか。誰も代わりにやってくれないのだから。

さて、世界の大局を論ずるために、身近なところから、ミクロの目で、真実をほじくりまわして見る必要があります。真実は目の前に転がっています。だが、知恵を使わなければ、どこにどんな形で落っこちているか、見えてきません。保護色で巧妙に隠蔽されているからです。

９１１、３１１の不思議探求もオウム事件の真相解明も、全て、この小説の主人公Ｋの場合は、東京・杉並の住宅街の街角探検から出発します。世界の構造を知る鍵は、そこの妙法寺近くの、タバコ屋さんのある角を曲がったところの坂の中腹の古い建物の三階で見つかるかもしれないんです。ですから、まずは、杉並探検です。

それでは、杉並探検です。大冒険です。チョモランマ冬季無酸素登頂級の大冒険です。よろしくお付き合いください。

小説・魔界

ここからが小説です。繰り返しますが、登場する人物も組織も架空のものです。
実在する団体・個人とは無関係です。
ただし、読者がどのように詮索されようと、それは読者のご自由です。

復讐

檜垣登志子は、男を恨んでいた。男社会を呪っていた。

英語学校を出て就職した大手商社では、入社数年で社内恋愛し、普通に結婚した。

相手の男は、まあまあの大学を出ているし、それなりの家庭の出身だった。

夫の会社は、十大商社の下位の方だったが、出世は順調で、収入もそこそこだった。

一男一女をもうけ、一応は幸福な人生の初期展開だった。

だが、夫は、若い女を作り、登志子と子供を置いて出て行ってしまった。

登志子は、男という身勝手な動物を呪った。

なぜ、男がほかに女を作るに至ったかは、考えもしなかった。

相手を一方的に責めた。自分に非があるなどとは、微塵も思わなかった。

自分の作った家庭が、夫にとって安らぎの場でなかったことには、気づかなかった。未だに気がついてはいないが。

ひたすら相手を責めた。責めて責めて責めた。

だが、いくら責めても相手は、遠ざかるばかりだった。必死の形相で登志子から逃れようとした。

登志子は男と男社会を恨んだ。

登志子は家計を支えるため、仕事を捜した。

だが、三十路（みそじ）半ばの子持ち女を雇ってくれる会社はみつからない。丸の内など、最初からノーチャンスだった。新宿も諦めた。

前の夫からもぎ取った唯一の資産である「自宅（マイホーム）」のある荻窪に近い住宅街をあてどもなく、彷徨（さまよ）った。

青梅街道の丸の内線の駅から十分ほど南に下がった住宅街に、あまりぱっとしない三階建てのやぼったい事務所を見つけた。「機械設計事務所」と煤けた看板に書いてある。

ここなら、もしかしたら雇ってくれるかもしれない。女は値踏みした。

「いけるかもしれない」

そう直感した登志子は、玄関のガラス戸をそっと押して、事務所に足を進める。

安っぽい、タイル地の床材がきしんだ音を立てる。玄関近くのトイレからあまり気持ちの良くない臭いが漏れてくる。

薄暗い湿った玄関の先には、もう一枚のガラス戸がある。そのガラス戸を少し押すと、事務所の喧騒が一気に溢れ出してくる。

誰もが電話にかじりついている。次から次に電話が鳴る。奥の方の営業部らしき一角は、タバコの煙がもうもうと漂い、霞んでよく見えないような気もする。

受付の前に立ち、社員たちの顔色を窺った。忙しそうに机に向かう社員たちは、誰も登志子の姿に気を止めなかった。

蚊の鳴くような声で、近くの女性社員に声をかけてみた。

社員は気づいてもくれない。

青い顔をした登志子は、諦めて、踵を返し、今入ってきた玄関に戻ろうとした。背中を丸めて。

事務所の一番奥に座っていた中年の男が、ふと、日刊工業新聞から、目を上げる。鼻の上でずらした老眼鏡越しに女の顔を嘗め回した。

「ほうっ」と、男は好奇心を少しばかり含んだ息を吐き、年上の女房の作った、趣味の悪い花柄のクッションから腰を少し浮かして、女の方に向かって一歩を踏み出した。

男の世代にしては、かなり大柄だ。一七五センチはあるだろうか。

その一歩が、男の晩年を何もかも台無しにしたのだが……。

加東という名のその男は、その中堅の機械メーカーの創業社長であった。

名古屋の子沢山の家に生まれてすぐに、杉並のクリーニング屋に貰われてきた。本来は、双子の弟の方が、杉並に貰われていく手はずだったが、当日、風邪気味で熱があった。代わりに、男が、東京へ向かう列車に乗せられた。

男は、クリーニング業の養父の事業の失敗で苦学した。大日本大学の理工学部機械科の夜間部をアルバイトしつつ何とか卒業した。

就職した機械メーカーを同僚数人と一緒に飛び出し、二十代半ばで、杉並の自宅敷地で創業した。

真面目一徹で、こつこつとやってきた。小さいながらも、傘下に子会社が増えていき、企業グループといえるようなもののオーナーと呼ばれるようになった。

セロファンの製造設備には自信があった。セロファン業界が、プラスチックに移行して、加東も追従した。プラスチックがもてはやされた時代だった。何を造っても売れた。

プラスチックの加工機械は、競争が限定されていた。競合はほんの数社しかない。大手のトップメーカーよりも少し安い。下位メーカーよりは、少しは格式がある。技術はないが、外から見れば、あるように見えるらしい。

客が殺到する。順調に売り上げは伸びていく。

そして、いくつかの機械製造事業以外に、包材加工や商事部門にも事業を拡大した。潰れかかった企業を引き受ける。一社の再建に一応成功すると、次々と、売り上げ二十億円くらいの企業の再建を懇願される。

あまりハイテクとはいえないが、ロウテクがゆえに、給料も安く済む。一度は倒産の痛みを経験している企業の従業員たちは、贅沢は言わない。仕事があるだけで満足だ。給料は低く抑える。設備は更新しない。それで、そこそこ利益は上がる。

結果、優良企業グループの総帥と呼ばれることになった。

銀行も商社も一目置いてくれるのが嬉しい。

早くに結婚した姉さん女房は、すぐに息子二人を生んでくれた。家庭的にも、幸せだった。あの女が、現れるまでは。

男は今まで真面目にまっすぐに必死に突っ走ってきた。女もろくに知らずに中年の域を迎えていた。

女遊びをするような度胸はなかったし、どこで誰とどう遊んでいいかもわからなかった。興味はあったが、誰も教えてくれなかったし、何より、女房が怖かった。

結婚できなければ死のうと思いつめた挙げ句に一緒になった女房が、一番怖かった。高円寺の安いスナックで、四十過ぎのママ相手に、安い酒を飲むのが精一杯だった。

その真面目一徹の男の目前に、三十半ばの熟れ頃の女が現れた。京風の端正な顔立ちだ。男は、ひと目で虜(とりこ)になった。女も丸い尻を向けて、男を誘った。

女は総務部で経理を担当することになった。経理の経験はなかったが、仕事ができてもできなくても、社長の後ろ盾があるという暗黙の了解が、すぐに全社に浸透した。

だれにも文句は言えない女王の、静かなる誕生である。

社長は、女をものにしたかった。だが、誘う勇気はない。

女も気配を感じて、わざと社長から距離を置く。

四六時中女の丸い尻が忘れられない社長は、意を決して、女を誘いはじめた。

経理方針の打ち合わせをする必要があると、外で会うことを、震える声で提案した。

女は、何度か誘われても断り続けた。

男は、狂った。

どうしても、なにがなんでも、女が欲しい。我慢できない。一時も忘れられない。仕事が手につかない。

女は、男のそんな心理状態を冷静に観察していた。

そして、充分な計算の末に、四度断った後に、ついに青梅街道近くの飲み屋に付き合った。胸の少し開いたドレスを選んで。

「そのワンピース、よく似合うね」

ろくに女の褒め方も知らない中年男の純情に、ツーピースを着た女は、苦笑いした。

何人かの男を手玉に取ってきた女には、「初級クラス」の相手に思えた。

これなら、過去のノウハウ活用とちょっとした応用で、さして苦労もいらないだろう。

「今日は少し酔ったろうから、送っていくよ」

社長は期待に胸と股間を膨らませて、両側から樹木の生い茂る、古くからの住宅街の暗い坂道を、檜垣登志子の少し先になって上っていく。

戦前から開発された住宅街の庭の木々は、今では大きく成長して、枝を敷地から道路の上に堂々と広げている。せり出した枝葉は、中年カップルの歩く姿を一瞬、月の光から隠してくれる。

二人は、枝葉の下の暗闇を選んで歩き、次第に接近していく。

少し酔ったふりをした登志子は、よろけて、社長の上腕に薄い乳を押し付ける。

女の下着に付随するスポンジ状の上げ底部品が、男を悦ばせる。

なんて、柔らかい感触だろうと。

当たり前だ。スポンジは柔らかい。

発泡プラスチックの物性には詳しいはずの男は、それがスポンジの柔らかさだとはわからなかったのだ。

　それを契機に、中年男の腕を取り、肩にもたれかかる。社長の色道「初心者クラス」の心臓は、急速に心拍数を増す。血流が、男のあまり実用に使ったことのない海綿体構造に急速に流れ込む。

　その夜、男は、結婚後二十数年を経て、初めて女房以外の女と唇を合わせた。枝葉の作った暗闇の下で。心拍数はさらに昂進する。ここのところほとんど実用に供していない男の生殖器は、期待に鎌首をもたげる。

　だが、女は簡単には体を許そうとはしない。

　何カ月かの間、男と女の間に攻防があった。

　男は、徹底的にじらされた。

　大好物のドッグフードを目前にして、ひたすら「待て」を強要されている飼い犬のようだった。

　人間はじらされればじらされるほど、欲しくなる。

　恥も外聞もなく、ひたすら、求めた。

　涎（よだれ）を垂れ流して、女に「お手」をし続けた。

　尻尾を千切れんばかりに振って、女にアピールした。

女は、男の欲望を最大限に引き出した後、ついに体を与えた。

初めて熟れた女の味を知った社長は、女の肉に狂った。

その肉欲しさに女の言いなりになった。

女は、体を開くことで得られた特権を最大限に利用した。

女は、男社会を恨んでいた。男社会に復讐を誓っていた。

男を騙してやれ。馬鹿な男どもから盗み取ってやれ。

檜垣登志子の経理犯罪が始まった。

登志子は少しずつ、手口を展開していった。

最初は、社員の仮払いを誤魔化すことからはじめた。出張精算の額の多い社員を狙い撃ちした。

やってみると面白いように現金が手に入ることがわかってきた。

出張の多い社員は、帰社する都度、旅費経費の精算を済ます時間がない。勢い、三、四回分まとめて精算するようになる。

自分がいくら仮払いをして、いくら返済すべきか、とても忙しくて自分自身では管理できなくなる。経理に計算してもらい、経理の言いなりに精算する。

「十二万円返してください」と言われれば、疑いもせずに、財布を開く。

まさか、経理に誤魔化されるなんて、想像すらしない。

そこに檜垣登志子は付け込んだ。

経理のシステムも社員が自分で管理しにくいように書式を新しく考案した。社員に見せるための偽の仮払い帳簿を作った。そして、考え付くたびに、ほかの小さな不正にも手を出していった。

小額でも誤魔化せるものは、とりあえず誤魔化した。

人を騙すスリルを覚えたのだ。

金額の多寡はあまり重要ではない。人を騙すスリルが、格別の味だった。

男社会へ復讐している実感が味わえた。

経理不正は何年たっても発覚しない。やりたい放題だ。

愛人の社長は登志子の不正の概略を知ってはいたが、愛する女を咎めることはなかった。

多少の金のことよりも女と一緒にいられることの方が、女の肉に自らを埋没させることの方が、社長には優先事項だった。

四十近い中年女の股間に付随する洞窟状の臓器を存分に堪能できるかどうかが、ほかのすべての事項に優先したのである。

社長は、女の犯罪を黙認した。

女は、それを悟って、社長に、小遣いを回すようにした。

「ねえ、社長。今月少し経理操作で余っちゃったんです。お小遣いにしてください。社長も何かと物入りでしょうから」

近くに立った社長の視線が、少し開いたブラウスの胸元に注がれるのを意識して、あえて襟元を片手で隠し、好色な視線をさえぎる。

貞淑をつくろった方が自分を高く売れると、女は知っているのだ。

その方が、より男も燃えるものだとも。

男は、そのグローブのような大きな手の平でもう一度、女の乳房を包んでみたい欲望を抑えきれない。

それから、おもむろに女は社長に囁いた。社長の目の前には、ここ二週間ほど肌を許してくれない女の、赤いルージュの唇が半開きで誘っていた。年齢不相応に鮮やかな色だったが、社長の性ホルモン分泌を促す効果は充分すぎるほどあった。社長は断らなかった。女と秘密を共有する「悦び」の方を選んだのである。

社長を共犯者に引き込んだ女は、以前にもまして大胆になった。

女の秘密口座の残高はみるみるうちに増えていく。

裏仕事の増えた檜垣登志子は、信用のおける経理課員の女子社員を仲間に引き入れていった。

　ふたつあるうちの小さい方の応接室で、「社長指示の上の脱税行為なのだから協力しろ」と登志子から打診された中年の女子社員は、頭を垂れたまま、いちもにも無く承諾した。近所の主婦にしてみれば、ちょっと驚くほどの昇給も告げられて。

　不正行為が膨大で複雑になった今、ひとりではとても処理し切れない。事務所の近くに秘密の１ＤＫも借りた。二重書類の類を贋作する日々が続く。仲間の二人の経理課員も定時後の裏仕事の消化に忙殺される。共犯者が増えると月々のお小遣いも馬鹿にならなくなる。収入を増やさないと自分の取り分が取り崩される。

「ボスのアタシの分け前が減るなんて、許せないわ」

　登志子は新たな経理不正の種を必死に探す。一円でも多く誤魔化せる方法はないか？

「アタシのように頭の切れる女はいないんだから」

　増長と傲慢。とぐろを巻く悪意。別れた夫が、この女から逃げ出したのは、間違いなく正解だった。

誤算

檜垣登志子は、技術部の三十代の係長に目をつけた。あまり金に頓着しない男だった。出張も多い。

ターゲットに指定された高棉係長の出張仮払いは「いくら返済しても、未精算が残ってしまう」状態が何年も続いていた。差額は、次々と登志子の懐に取り込まれていった。

高棉は疑問に思った。「なんだか、いくら返しても仮払いが消えないじゃないか。まさか、経理が不正をやっているはずもないし」

だが、それから数カ月黙って登志子の対応を見ていた高棉は、証拠をつかんだ。

昼休み、登志子を小会議室に呼び出した。

不正の証拠を突きつけて、詰めよった。

登志子は初めての不正発覚に狼狽した。絶対にばれないと確信してやっていた不正が、こんなことになるとは。

単純ミスだと抗弁してみた。だが、明白な証拠を握り締めた高梠は、決して引き下がらない。高梠もまた、このネタがカネになると計算していたのである。

女は皺の目立ち始めた目尻に涙をためて許しを乞うた。

登志子は、お詫びのしるしとして毎月、簿外給与を出すと約束した。

それから、登志子は不正経理で手にした金の中から、毎月、高梠に二十万円を渡すことになった。高梠は思わぬ臨時収入に喜んだ。

板橋・高島平の巨大な公団住宅に住む高梠は、東北地方の工業高校卒でありながら、女子大卒の女房を貰っていた。背伸びした結婚だった。

かわいい息子は私立の学校に通わせている。金が掛かる。それに悪銭身につかずである。檜垣から渡される裏金はすぐに遊興費に消えてしまう。

高梠は二十万では我慢できなくなった。登志子に増額を迫った。

登志子は月四十万まではなんとか約束した。だが、キャバクラ遊びを覚えてしまった高梠は、際限なく金を欲しがる。登志子が裏金を出せないのなら、仮払いを出せと迫ってくる。仕方なく、三十万、四十万と仮払いを出してやる。高梠の仮払い残額は、いつのまにか五百万円を超えた。

ＢＭＷを乗り回し、毎日キャバクラに入り浸る高梠。キャバクラに女もできた。汚い整形おんなだが、若ければなんでもいい。

社内で、この異常な五百万円仮払いが噂になってきた。一般社員はせいぜい二十万、三十万の仮払いしか許されないのに、なぜ、高梠だけが五百万円なのか？

疑惑の目は、登志子にも向けられた。

愛人の社長も事態を知っていた。だが、高梠に不正の証拠を握られている以上、社長にも何もできない。黙って、檜垣登志子のグチを聞くことしかできない。

登志子の焦燥は募った。いつまで、この苦境が続くのか。「あの人が、事故かなんかで死んでくれたらいいのに……」

社長は、高梠の簿外給与を増やす代わりに、課長に昇進させてやった。高梠には、昇進で収入を増やしてやり、懐柔したのだ。

古参の常務や部長が、「なぜ、あいつなんですか？」と社長に、疑問をぶつけてきた。だが、ほかに方策はない。

社長は、古参の役員の言葉に、ひたすら、沈黙する。「ま、いいじゃないか。人の評価ってのは、難しいぞ」。社内の誰もがこの人事に驚いた。あの「五百万の高梠が、なぜ」と。

登志子は、高梠問題で心身ともに疲れ果てていた。四六時中、心の休まる場所がない。体もあちこちが痛い。睡眠が浅いし、朝方早くに目がさめてしまう。いつ何時も、高梠のあの蔑んだような笑い顔が、眼前にちらつく。

痛む体を引きずりながら家路についていた登志子に、ひとつの看板が目に入った。「ヨガ道場」と書いてある。ヨガって、あのインドの整体術みたいなものかしら？　なにかに押されるかのように登志子はヨガ道場に吸い込まれていった。

ヨガ道場の若い先生たちは、親切だった。どんなつまらないグチ話でも、静かに冷静に、そして真剣に聞いてくれた。

何週間か通ううちに、先生と心底親しくなったような気がした。心なしか、肩の重みも取れてきたようだし、朝方目の覚めることも少なくなってきた気がする。

道場を信用した。半ば、崇拝した。今話題のオヲムとかいう宗教の道場らしいけれど、みなさん、学歴もありそうだし、そんなに変な感じの人たちではないではないか。医師免許を持った人もいるし。「世間で言うほどヘンな人たちじゃないわ」

週末、少しじっくりと道場で過ごす時間ができた。その日は、初めて道場特製の「リラックス・ドリンク」なるものを処方してくれた。

ちょっと酸味のあるピンク色のその液体を飲んだら、なにやら、やにわに意識が混濁してくる。世界がグニャグニャと踊りだす。不思議にいい気分だ。

近くにいた先生から「今、一番悩んでいることを話して御覧なさあいー」と、声を掛けられる。遠くから、山彦のように聞こえてくる先生の声が、とてつもなく優しく、心に響く。なにを告白してもいいような、解放された気分。

今まで、なにがあっても絶対に口にしなかった「高梠の一件」を、檜垣登志子は無意識にべらべらと話し始めていた。

経理不正を、社員に見つけられて困っていること。なんとか、始末したいこと。

不思議なことに、自分が何を喋っているのかには、意識がある。「話すべきではない」という脳からの指令が、声帯に届かない。ブレーキがまるっきり働かない。何もかも告白してしまう。

それから、数日後、道場の先生から、会社に電話が掛かってきた。電話に出た登志子に先生は、手短に伝えた。

「この間の高梠さんの件、うちの方で穏便に片付けて差し上げる手はずをとりましたから。あとは、安心して、結果を待ってください」

「ちょっと、待ってください。ワタシはそんなこと頼んで……」

そう半分口にしたとき、既に相手は電話を切っていた。

登志子には、わからない。

穏便に片付けるとは、どんなことをするのだろうか？　大体が、ただのヨガ道場に何ができるというのか？　高梠を吊るし上げて、脅すのだろうか？　浮気の現場写真でも突きつけて、もう二度とつきまとわないように話をつけてくれるのか？

まあ、どちらでもよい。登志子は、数日後には、ぐっすり眠れることになると期待して、狡猾に微笑んだ。

これで終わりだ。先生へのお礼はどのくらい包めばいいのだろうか？　社長に頼んで少し私財を取り崩してもらおう。その分、ベッドでサービスすればいい。あの親父、ワタシの言いなりだし。

四十まぢかの、自分の女としての値打ちが激減しつつあることを知らない中年女は、目尻に皺を作って、ほくそえんだ。

その日、高梠は千葉・東金の関連工場に、設備の組み立ての打ち合わせに赴いた。東金駅から車で十五分ほど離れたところにある工場だった。

まだ、外注からの部品関係が四割がた届いていない。取りあえずは、機械のフレームを今週末から組み始めることにしよう。後は、ドライヤー部分の設計に、少し手直しを加えないとまずい。入口と出口のガイドロールを数本増やして、フィルムの蛇行を防がないといけない。杉並の本社に帰って、絵（設計図のこと）でも描くとするか。

昼過ぎに仕事が終わった高梠は、東金駅までのタクシーを呼んだ。不思議なことにいつもとは違う、頼んだタクシー会社とは違う会社の車がいつもより五分ほど早く来たが、さほど気には留めなかった。東金タクシーの子会社なのかな？　ボディーの側面に書かれたタクシー会社の塗装が、ついさっき書かれたようなテカリを見せていたのが少し気になったが。

駅までは、小高い丘の山林の中を縫って抜けていく県道を通る。タクシーは、東金駅に向かって県道を登っていく。だが、丘の頂上まで登りきったあたりで、突如、いつもの道とは違う山道に左折して入っていった。

「運転手さん、こっちでいいの？　いつもと違うみたいなんだけど」

「ええ、さっきから、この先で緊急の工事やってるんで、ちょっと迂回ですよぉ」

そう言われて、高梠は浮かした背をシートに戻した。高梠が、この世で最後に言葉を交わした人物は、悲しいかな、この制帽の下は坊主頭のカルト系運転手ということになってしまった。

山林の奥深くで、唐突に停車したタクシーの前に、三、四人の若者が藪から、はじけるように跳び出してきた。髪の短い目つきの鋭い、白っぽい服装の若者たちだった。

「運転手さん、あいつら、なんだ？」

「さあ……」

何がおきたのかと、きょとんとした眼差しの高椙が、不審そうにドアを開けて外に出ると同時に、背後から、後頭部を強打する鈍器が振り下ろされる。一言もなく崩れ落ちる高椙。かわいい息子に会うことも二度とない高椙。

後日、高椙の夫人は捜索願を出した。夫の屍がもはや、富士山のふもとで灰になってしまったことも知らずに。

次の朝、道場の先生から、登志子に電話が入った。「檜垣さん、高椙の処分は予定通り終了しました。あなたのご要望どおり始末しましたから」

始末……？　一体、何をしたのか？

血の気の引いた登志子の頬に痙攣（けいれん）が走った。

「いやね、檜垣さんのご依頼どおり、拉致して、撲殺して、後はうちの教団の施設で焼却処分しましたよ。オタクの依頼でやったんだから、オタクも共犯ですよね。いや、依頼者なんだから主犯だな。報酬なんかいりませんから。道場の修行の一環ですよ。

あ、それから、この間のカウンセリングで、檜垣さんが高椙の一件を話した時のビデオテープ撮ってありますんで、そこのところを、よろしくお願いしますよ。なんだったら、ダビングして差し上げましょうか?」

殺人事件の主犯……そう呼ばれて、登志子はその場で硬直した。

世間知らずの小悪党の中年女とその愛人の社長は、巨悪に完全にくわえ込まれ、骨の髄までしゃぶられることになったのである。

一方で、登志子とその一味は、高梠が借金取りに追われて失踪した、女と一緒だという噂を社内に振り撒いた。五百万の仮払いの噂を耳にしていた無知蒙昧単純思考の社員たちは、喜んでその嘘を受け入れた。誰も高梠の失踪を疑うものはいなかった。

その頃、上九五色村の電磁波焼却炉で焼かれた高梠の遺灰は、オヲム信者の手で、無造作に近くの森林の、不法投棄されたごみの山に投げ捨てられたのである。

オヲムの阿佐ヶ谷道場では、早速ながら、登志子の会社の舎弟企業化作戦が開始されていた。

登志子は、朝から晩まで、何回となくオヲム教団からの個人名の電話に悩まされるようになった。その内容は「お布施してくれ」であった。

「報酬なんかいりませんから」と言ったのに……、連中が要求してきたのは報酬ではなくお布施だった。

登志子と愛人の社長、加東は苦しんだ。言われるがままに出せるものは出した。だが、もはや、手持ちの金も無い。

オヲム神霊教の要求にこたえるには、経理不正を全社的に拡大するしかない。二重給与制を敷き、大掛かりな組織的脱税もしなくてはならない。

今の体制では、とても規模的に足りない。多くの犯罪仲間を召集して、完全な裏経理システムを確立する必要がある。

カルト組織も裏金の作り方を指南してくる。裏組織の組織の仕方から、構成員の勧誘の仕方まで、懇切丁寧に犯罪の手口が伝授される。

登志子と加東は、社内の犯罪者グループの組織化に乗り出した。まず、登志子と親しい子会社の古参女性社員、白沢は、実に簡単に悪のサークルに参加した。「月に二十万円も余計に貰えるのお？　うれしいわあ。臨時ボーナスも出るのお？　やるわ」

年齢のわりには張りのある白い頬を膨らませて、白沢は答えた。誇らしげに突き出した自慢の乳房を強調しつつ、白沢は、組織への参画を約した。

登志子は白沢のいる子会社の経理も担当していた。というよりも、社長の加東と結託して、子会社の経理をブラックボックスにして横領・脱税に手を出してきたのである。

その局面で、白沢は、登志子の横領作業の協力者であった。だから、悪のサークルに最初に勧誘されるべき存在であったのだ。

次に、その白沢なる古参女性社員の十年来の愛人である本社営業部の課長、仲村龍二が、組織に引き込まれた。

白沢とは毎週一度、会社に隣接する独身寮の空き部屋で、汚い中年男女の馬鍬いを繰り返していた仲村には、最初から、犯罪仲間に参加する以外の選択肢はなかった。十年間世話になった不倫相手の年上の女の生殖器には、服従するしかない。

仲村は直属の上司である首藤光一をも組織に誘った。計算高い首藤は、社長の加東も檜垣登志子も一味だと知った時点で、すばやく脳内保身計算を行い、組織への参画を受諾した。小心者の首藤は、本心では怯えながらも、この会社にいる限り、グループに参加するより他にとる道はないと計算したのだ。

ほかにも何人かの若手社員や役員の一部がグループに勧誘された。会社の寮や近所に住んでいるから、裏仕事をやらせやすいなどといった、単純な事情で選ばれた者もいた。

彼らは、ちょっとした経費の誤魔化しや、女遊びの証拠を登志子に突きつけられた後、恭順の意を示し、組織に組み込まれていった。こうして、犯罪グループの組織化は進んでいく。

グループの構成員は、通常業務が終わると近くのマンションの秘密アジトに集合する。

与えられたノルマにしたがって、偽の領収書、請求書類を作る作業に没頭する。こうして、加東の会社は、せっせと裏金作りに精を出し、毎月、オヲム神霊教にお布施をさせられることになったのである。

同時にカルトは、社員の宗教的洗脳をも開始した。裏仕事の遂行のためにアジトに集まったグループの面々は、北朝鮮の主体思想にそっくりの理論を、教団のセンセイ方から植えつけられた。

教団は、加東の会社を完全に舎弟企業化するため、メンバーに犯罪的・反社会的行為を実行させるために、宗教教育を必要としたのである。

センセイは、「理想の実現のためには、犯罪的行為も許される。被害者も理想世界の実現のために犠牲になるのだから、最終的には救われる」と説いた。オヲムとそっくりの論法である。グループの面々に罪の意識、罪悪感を払拭させるのが目的である。

グループのメンバーたちもまた、センセイの説教にすがった。そして、罪悪感から逃れ、犯罪に手を染める自分を納得させた。

宗教とは便利なものである。犯罪を自己正当化する道具にも使えるのだから。

緊急避難

一九九五年の初め頃、オヲム神霊教の存在は既に社会問題化しはじめていた。

檜垣登志子たちは、とんでもない巨悪に目をつけられてしまったことに初めて気がついた。登志子と社長の加東は、暗澹とした。そして、お互いに中年の体を貪りあった。不安をかき消すために。

地下鉄サリン事件がおきた。オヲム神霊教は、警察に包囲されつつあった。教団内部に保管してある膨大な量の薬物や武器弾薬をどこかに安全に移動させる必要があった。摘発されれば、オヲムだけでなく、政治家も第三国もヤクザも困る。

教団は、安全な保管場所を血眼になって探した。オヲムに対する強制捜査が予定されていた時期だ。

警察内部の「層和」という友好カルト組織からも、摘発情報は逐次、教団にもたらされる。時間が無い。山梨のサティアンにある化学物質や兵器類の始末は、緊急に行わなければばならない。

　今のところ、オヲムの後ろ盾になっていた中根曾や前藤田から警察庁トップに圧力を掛けて、強制捜査を順延させているが、いつまでも延ばせられない。どこか、見つかりにくい安全な保管場所がすぐに欲しい。オヲムと全く関わりの詮索されない民間企業の倉庫を使えれば、発覚の恐れは小さくなる。

　一番都合がよいのは、オヲム神霊教に深入りしていた政治家、山朽敏夫の地盤の埼玉県東松山だった。山朽は、親分筋の首相経験者、中根曾の指示で、オヲム教団に関与していたのである。中根曾は、半島系のカルト宗教、統率協会、さらにはＣＩＡと近い政治家である。オヲム教団の背後には、外国勢力が蠢（うごめ）いていたのだ。

　東松山、あそこなら、警察や役所に、山朽の威光が光っている。山朽の圧力で、なんとでもなる。東松山に受け皿となる企業、倉庫を持っている企業はどこかないのか？

　オヲムの幹部は、組織内で情報を求めた。そして阿佐ヶ谷のヨガ道場から耳寄りの情報が入ってきた。道場に出入りしていた中年女の勤める会社の子会社が、東松山に工場と倉庫を持っているらしい。

　その中年女は経理犯罪者で、女を脅していた社員を教団で焼却処分してやった関係で、女の会社は、毎月、教団にお布施をしている。既に、舎弟企業化は半ば完成しているという。女はワンマン社長の愛人であり、社長も犯罪仲間だ。この企業グループを利用しない手はない。脅して、教団の言いなりにしろ。

オヲムが民間の殺人を代行してやるのは、これが初めてではなかった。薬物密売の関係で教団に出入りしている山朽組系権藤組から、他殺死体の処分を頼まれることも、なんどかあった。下九五色村のサティアンには、拉致した人物を、この世から抹消するための電磁波焼却機なる設備すら、稼動していた。

加東の会社の二軒となりのマンションにオヲム信者が居住し始めた。既に世間はオヲム騒ぎで持ちきりの頃だった。警視庁の車両が、加東の会社の玄関の近くに四六時中駐車し、私服の刑事らしき人物たちが常時信者を監視していた。

社内は、オヲム信者の話で持ちきりだった。誰もが額を寄せ合い、噂話をした。だが、この噂話に決して加わらないメンバーがいた。全く意に介さないかのような態度で、オヲム信者の居住など一言も触れない連中だった。加東と檜垣登志子も勿論そのメンバーだった。そして、白沢も仲村も首藤も。

オヲム教団は、近くに信者を住ませることで、直接、登志子と加東に圧力を掛けてきたのである。子会社の東松山の倉庫を使わせろ、オヲムから逃げてくる信者を受け入れる場所を提供しろ、と。

オヲム信者を見張る役割を与えられている刑事たちは不思議に思った。もはや、踏み込んでオヲム信者を家宅捜索するくらいの命令が出てもいいはずなのに、本部からは、手を出すなとの指示が来る。

警察幹部には、オヲムの背後の勢力が圧力を掛けていた。加東の会社をオヲムの受け皿として舎弟企業化するために、警察には手を出させるなと。オヲム信者は自信たっぷりに、居住を続けた。自分が捕まらないことを知っているかのように。

近隣のオヲム信者は奇異な行動に出てきた。サマナ服を着たまま、加東の会社の敷地内に進入を繰り返す。

その姿を見つけた社員は、驚きおののき、噂をしあった。しかし、例のメンバーたちだけは、全く気づかぬのか、気がつかない振りをしているのか、反応を示さなかった。

既に社会問題化していたオヲムが、身分を隠そうともせずサマナ服のまま、近くに居住し、敷地内を闊歩することで、彼らは登志子と加東に強烈な圧力を掛けたのである。言いなりになれ、宗教舎弟企業になれば、恩典もあると脅したのである。

加東はさすがに、オヲムが何を持ち込もうとしているのかわかっていた。あまりにも危険である。臆病な加東には、どうしてもオヲムの要求を聞き入れる勇気がわいてこなかった。だが、オヲムの脅迫攻勢は日に日に強化されてくる。オヲムにも時間がない。

それより少し前だが、営業部に一本の電話が掛かってきた。相手は、はっきりとオヲム神霊教と名乗った。応対した渡辺栄治営業係長に、信者は機械設備の引き合いを伝えた。液体を入れるプラスチック袋の製造装置の話だった。

渡辺係長は、相手が中古を欲しがっていると知り、他社を紹介した。渡辺係長は、興奮気味にオヲムからの引き合いの話を事務所の同僚に誰かれとなく話した。例のメンバーは、沈黙のままだった。

オヲムの資材調達は、以前からフロント企業を介して行われていた。オヲムの名前を出しての商談など皆無だった。明らかに加東と登志子に圧力を掛けるのが、オヲムの真の目的だった。

舎弟企業

加東と檜垣登志子は、オヲムの要求を完全にのむ道を選んだ。それしか、選択肢はなかった。受諾とともに、オヲムのサティアンから軍需物資や化学物質が一挙に大量に運び出された。それを待って、強制捜査が一斉に開始された。見つかってはまずいものが搬出された直後に。

それらの貨物は、追跡者がいないことを見極めたうえで、山梨から埼玉への山中を迂回しつつ、東松山の工場と倉庫に運び込まれた。倉庫の責任者は、あらかじめ、「裏仕事グループ」に勧誘されており、既に犯罪仲間だった。

現場の作業員たちには、入ってくる貨物は、杉並本社から依頼された大事な保管物だから、絶対に触るなと通達が出された。膨大な量の貨物が工場と倉庫に山積みされた。

だが、触るなと言われると触りたくなる。保管してある貨物の中身を云々する作業員が出てきた。「ありゃあ、なんだかヘンな白い粉がたくさん詰まってるみたいだぞ。もしかして、覚醒剤じゃないの？　それに、あのモデルガンの山、ホンモノっぽいぜ」

昼休み、おどけて同僚にそう話したモデルガンマニアの作業員は、なかなか鋭い感性の持ち主だった。だが、その感性がゆえに、彼の一生は短縮されてしまった。

作業員の会話を耳にした裏組織の現場責任者は震撼した。早速本社に報告すると、本社はオヲムに指示を仰いだ。オヲムの判断は敏速であった。「わかりました。こちらで処置します」

次の週の週末、その作業員は、終業間際になって上司から残業を指示された。今夜は、子供をつれてファミレスで食事をしようと思っていたが、これも仕方がない。残業を断れるほど、仕事の実力はない。「俺の代わりなんていくらでもいるからな」

ほかの社員はみな帰ってしまった薄暗い倉庫で、作業員は独り黙々と残業を続ける。

男の背後から、二つの黒い影が近づいてくる。

突然、両腕をとられて、頭から小型の作業用エレベーターに首を突っ込まされる。必死にもがく作業員。

もうひとつの黒い影がエレベーターの脇の操作パネルの前に立つ。暴れる作業員。その首筋に、黒い影が用意した注射器が突き刺さる。作業員の動きが急に静かになる。操作パネルの上の「上昇」と書かれたボタンが押される。

作業員の体は、胸の辺りでエレベーターの箱と枠の間に挟まれて潰される。いやな音を立てて骨がきしみ、折れ曲がる。体液が飛び散る。

表面上は、労災事故であった。翌日、自宅に未亡人を訪ねた本社総帥の加東は、杉並に戻ってきてこう報告した。「通夜に行ってきたけど、かわいい子供が二人いてね。全く、こんな事故起こしちゃ、やり切れない」

会社に戻る前に考えたシナリオどおりの台詞だった。誰もが事故と疑わなかった。

作業員には会社保険が掛けられていた。千万円単位の金が勤め先に入る。その中から捻出される手はずの二百万の見舞金の札束に、未亡人は何度も頭を下げて感謝した。勿論、会社保険の存在など知りはしない。会社が夫の死で儲けるということなど、彼女は知らずに終わる。

この家族は子供たちは、父親がなぜ死ななければならなかったのか、永遠に知ることなく人生を送るのだろうか?

加東は、労せずして、会社保険で二千万以上のカネが入ってきたことに、にんまりした。なんだ、こんな儲け方があったんじゃないか。

東松山の警察幹部は、その三日前に、この「事故」がおきることを、東京の長野町に本拠を置く、自分の属する宗教組織経由で連絡を受けていた。そして、裏社会筋の要請に応じて、この一見労災事故に見える死体を司法解剖もせずに、自然死と認定して、闇に葬った。

警察幹部は、にやりと笑って、呟いた。「山朽先生がらみのヤマは、お小遣いの桁がひとつ違うんだよな。今年は、同僚信者とチェンマイにでも買春にいけるかな。もう五年も行ってないし」

ある仏教系の宗教に属するこの中堅警察幹部にとって、宗教の望むとおりに捜査を捻じ曲げ、宗教に利益誘導することこそが、「正義」であった。なんら、後ろめたさは感じない。そんなまともな感覚など、とうに宗教が奪い去ってしまっている。

裏社会筋からの報酬は、何カ月かあとに、警察署の層和警官のボス格の人物のところに入る。それを、数人のカルト関係者で分けるのだ。

いったんオヲムの要求を受け入れると、加東の会社に教団からの接触が日常的になってくる。近所のマンションからは撤収してくれたが、杉並の本社に顔を出すことはなくても、近くの1DKアジトに常駐するようになった。

オヲムとの共同作業が増えるにつれ、秘密アジトは手狭になった。近くの3LDKに借り替えた。

それと同時に、檜垣登志子にも教団の実態が少しずつ解ってきた。驚いたことに、オヲムのメンバーは、だれもかれも、もともとは統率協会の信者だったのである。統率はオヲムを内部から操縦するために送り込まれていたらしい。というよりも、もともと、オヲム自身、統率本部ではできない裏仕事をやるために、統率幹部の早河が軍資金を持ち出して作り上げた宗教ということらしいのだ。

一九九〇年に教祖の浅原らが総選挙に大挙して立候補し、当然ながら一人も当選せずに終わった。この時に、教団は資産を選挙で食い尽くしてしまった。早河がオヲムの主導権を外部宗教に委譲させるために、浅原をそそのかし、勝てない選挙で資産を費消させたのである。

その予定通りのオヲムの経済的窮状を、外から眺めていた統率協会は、これを契機にオヲム教団に乗っ取りを仕掛けようと行動を開始した。規模的に充分使用に耐えうる教団に成長したオヲムを、統率の裏仕事の拠点として利用する。それが、聞賎明の目論見だった。聞は、盟友の田池太作に依頼し、層和の金を引き出し、これをオヲムに注入した。同時に、統率、層和の半島系譜の信者が、大量にオヲムに移っていった。オヲムの信者数は一挙に一万人単位に達したのである。

檜垣登志子のところに出入りする信者の中には層和学会の元信者も多数混じっていた。

層和からオヲムに潜入していたのだと思った。

だが、ややこしいことに真相はもっと複雑だった。彼らの多くは、もともとは、統率信者であり、層和学会に潜入していたものが、さらにオヲムに潜入していたのだという。

結局のところ、オヲムも層和も統率も、すべてはひとつの同じ勢力ということらしいのだ。

逮捕前に浅原は、自分はもはやオヲムのボスではないと漏らしている。実際、一九九〇年以降は、オヲムには別のスポンサーがつき、新たなスポンサーである層和、統率の意向で動かされていた。浅原は実権を奪われ、象徴として祀り上げられていたに過ぎない。

勿論、浅原に私淑してついていった日本人信者はたくさんいた。だが、彼らはオヲムの中心的存在ではなかったのだ。「浅原のオヲム」という表看板を誇示するための、教団の表面を飾る装飾品のようなものだったのだ。実質的な支配力は、浅原にも彼の周囲の「敬虔な」日本人信者にもなかったのである。

もっとも、浅原自身も半島人を父親に持ち、北朝鮮と関与してきた犯罪者に違いはない。ただ、浅原風情には指揮させずに、背後から教団を操縦して、目的を達成しようとした、もっと高位の黒幕が暗闇で目を光らせていたのである。

東京地検で行われてきたオヲム裁判では、不思議なことに浅原は全く証言をしようとしなかった。意味不明の不規則発言や下手な外国語を呟いたりする。なぜ、浅原は、オヲムの主人公が自分ではなかったと、はっきり証言しないのだろうか？

浅原の法廷での異様な振る舞いを観察してきた人たちの中には、浅原が薬物でコントロールされているのではないかと勘ぐる人たちが出てきた。実は、それが正解だったのだ。浅原が、オヲムの背後の層和、統率、北朝鮮に触れないように、拘置所の内部で薬物による工作が行われているのである。

オヲムのどの事件も、浅原の直接の指示があったと証言している弟子たちが、実は統率・層和から送り込まれた偽信者だと、浅原の口から語られるのを予防しているのだ。食事に薬物が投与され、法廷に出た浅原は半酩酊状態で、証言のできない状態に置かれているのだ。

東京拘置所の浅原を扱う部署には、計画的にカルト信者の職員が集められ、浅原の証言を阻止するための計略が実行されてきたのだ。

しかし、そこまで、公務員である法務省職員を組織的に悪用する力が、裏組織にあるのだろうか？

だが、考えてみれば、政権党である民自党は、統率協会に、公正党は、層和学会に支配されている。しかも最大野党の根幹である旧民舎党にも党率の息のかかった議員が山ほどいる。

日本の政治政党は、与党も野党も、二大在日宗教の支配下にあるのだ。だから、公権力を使って、浅原の口封じをすることも可能なのであった。

だが、こういった裏からの日本支配の構造を作ったのは、半島系譜人そのものではない。もっと高いところにいる権力者が、半島人を傀儡に立てて、日本を間接支配しているのだ。日本の中のマイノリティーであり、反日的な半島人に秘密裏に日本を支配させる。日本の国益に反する政治を、姿の見えない半島人のネットワークを使って執行するのである。その黒幕は、アメリカも英国も実質的に支配している。

さて、それがどんな連中であるのか、先を急がずに紐解いていこうではないか。

半島人

檜垣登志子と加東の前に現れたオヲム信者とは、そういった「もともとは統率信者であり、オヲムに潜伏していて、強制捜査前に逃げてきた」連中だった。

そして、一番、登志子を驚かせた事実がある。出入りする統率の信者同士が、日本語ではない言葉を多用するのだ。日本人には理解はできないが、よく耳にする言葉だ。そして、組織内で行き交う関係書類にも判読できない文字のものが多用されているのだ。

父親がかつて仕事の関係で朝鮮の京城にいたことのある登志子には、子供の頃、どこかで見たことのある文字だった。そして、話す言葉は、生まれ故郷の京都の朝鮮部落でよく耳にした言葉と同じだ。

驚いたことに、この信者たちは、どれもこれも在日朝鮮韓国人か、もしくは、帰化人の一団だったのである。

オヲムの内部には、日本人ではないグループの組織内組織ができあがっていた……ずる賢いだけの世間知らずの中年女、檜垣登志子には、オヲムの実態が何であるかなど、知る由もなかったが。あるのは、浅原を中心とする仏教の新興宗教団体だという知識ぐらいだった。浅原の父親が半島人であることも知らなかったのだ。

オヲム事件の後に、浅原が在日ではないかとの情報が流れた。だが、「調査の結果、そうではなかった」というまことしやかな否定説が流され、疑惑の火は鎮火された。しかし、海外メディアでは、浅原の父親は半島出身者であるとの情報が、あいかわらず確認情報として、伝播されていたのだ。

浅原が半島系譜人であると認識されることは、オヲムの黒幕にとって、極めて危機的な事態である。オヲムが、日本の中の半島系譜人、そして北朝鮮シンパ勢力を集めた謀略組織だったという事実は、なにがあっても隠蔽しておく必要があったのだ。「浅原は在日ではない」というデマを流し、事件の真相究明を阻止する役割を果たした中心的存在が、広告代理店、雷通だった。

オヲムだけではない。オヲムの実質的母体というべき、統率も層和もまた、半島人によって支配される構造になっている。

どの教団も表向きは、日本の新興宗教である。半島の影は見えにくい。だが、どちらの教団も、幹部の大半には、純粋の日本人ではない、特殊な人たちが、要所要所に配置されている。彼らは、表面上は、坂本さんであり金井さんである。日本人にしか見えない。だが、坂本さんは、親の代に日本国籍を取ったものの、魂までは日本人化していない帰化人である。金井さんは、あくまで通名であり、本名はれっきとした、北朝鮮国籍のキムさんである。

こんな人たちが、宗教の重要なポストに、日本人の顔をして座っている。その下に位置する大多数の日本人一般信者は、幹部の素性を全く知らない。指導力のある先輩信者くらいとしか思っていない。どの支部も、幹部や地区長さんが、こんな半島系譜の人物で固められていることに、一般信者は全く気づいていないのである。

一方で、半島系譜の幹部同士は、誰が、半島人の仲間なのか、勿論、よくわかっている。半島人による内密の組織内組織が確立しているのだ。彼ら半島系譜幹部の責任は、日本人信者を操縦して、実質的な半島利権集団である教団のために、いかに寄与させるか、いかに日本人を利用し、搾取するか、という点にあるのだ。日本人信者に無意識のうちに半島人幹部に貢がせ、奉仕させる構造なのだ。

檜垣登志子は、層和学会の田池太作が、帰化人であることすら知らなかった。無理もない。層和学会の日本人一般信者の大半も、同様に、田池名誉会長が在日だなどと考えもしない、無邪気な宗教被害者たちである。日本人の多くが、田池一派によって、騙され続けてきたのである。

田池の両親は、半島生まれである。朝鮮名、成田作（ソン・ジョンジャク）という名の父親と「池」姓の母親は、日本国籍をとる際に、二人の名と姓を連結して、「田池」という苗字を創出したのだ。従って、名誉会長に朝鮮名があるとすれば、「成太作」（ソン・テジャク）となるはずだ。田池のルーツは東京・大森の朝鮮部落にあるのだ。

百万人単位の一般日本人信者をごく少数の半島系譜人幹部が、隠密に支配している。彼ら半島人の一部は、宗教をあくまでも「裏仕事の隠れ蓑」として利用するために教団に寄生している。

宗教の非課税特権は、得体の知れない、素姓のわからないカネが教団に流れ込んでくる要因となる。

暴力団の麻薬利潤もまた、宗教団体の手で、南米やヨーロッパで洗浄されてきたのだ。なかでも、山朽組系権藤組は、オヲム、統率、層和の三者とも裏のつながりを持つ、在日裏社会専属の暴力団である。もっぱら、権藤組の手で、北朝鮮の覚醒剤が関東地区で捌かれる。その流通に、在日宗教の信者も関わって儲けるのだ。権藤組が安全に麻薬商売を続けるためには、巨大宗教との絆がどうしても必要なのである。

在日裏社会は、巨大宗教団体を裏から操ることで、絶対的な治外法権的特権を享受する。

犯罪を摘発されない構造ができあがっているのである。

巨大宗教の信者の大半は、「敬虔なる信徒」であり、善男善女である。宗教の犯罪性など感知せず、宗教の教義に翻弄されて、洗脳されてしまっている一般信者である。

彼らは、盲目的に教団幹部の言を信ずる。半島人幹部は、ソ連の共産主義体制やＣＩＡが開発した組織心理学的手法で、これらの一般信者を実に簡単に奴隷化してしまう。

一旦、言いなりになった信者たちは、確実に票の読める「投票ロボット集団」となる。教団の指示通り、間違いなく、指定の候補者に投票する。

さて、政治家たちは、この固定票がどうしても欲しい。たとえば、民自党の候補は、公正党支持者の票が上積みされるか否かで、即刻、当選・落選が決まってしまう。そうなると、候補者は、千切れんばかりに層和学会に尻尾を振る。層和の関係者が多少の不祥事を起こそうと、犯罪に関与しようと、議員たちは票ほしさに、層和には手を出さない。むしろ、層和の犯罪を幇助する。政権党が党を挙げて犯罪者集団の擁護に回る構造だ。こうして、層和の組織を悪用した犯罪者が跋扈するようになる。権藤組のように。

また、統率の場合は、議員の活動資金を肩代わりし、秘書を無償で派遣し、場合によっては、議員の性欲の処理まで配慮してくれる。そんな統率の飼い犬議員が、二百人以上もいる。

こうなると、統率にたてつくようなことをするわけがない。統率から送り込まれた秘書たちは、ほとんど給与を取らない。だからこそ、議員たちは重宝して統率信者を採用するわけだが、それが、議員をがんじがらめに束縛することになる。

「議員秘書給与の横領」が幾人かの議員の失脚を呼んだ。社明党の看板娘も、それで失脚した。統率協会員の秘書を使っている議員たちは、軒並み、「議員秘書給与の横領」犯に相当することになる。秘書に秘密を暴露されれば、政治生命が潰える。結果、どの議員も、統率の言いなりとなる。統率の思惑通り、行動せざるをえない。

既に統率協会の奴隷となった政治家には、統率の指示に従わなければ、「スキャンダルによる失脚」が待っているだけである。そして、統率の総帥、聞賎明の在日盟友、田池太作もまた、聞と行動を共にする。つまり、自公連立とは、統率と層和という二つの巨大在日宗教の野合を意味するのである。

統率協会といえば、諸外国では、「麻薬密輸・マネーロンダリング機関」として名高い存在である。南米での麻薬密輸とマネーロンダリングで名高い統率協会が、日本では麻薬商売に手を出していないと考える方が異常である。

統率は、政界を背後から裏金と桃色サービスで買収し、その見返りに「摘発されない」特権を受け取っているのだ。日本での麻薬蔓延の責任は、統率にある。そして、何も知らない一般日本人信者たちは、教団の半島人幹部の犯罪を幇助する強力な防波堤となってくれる。

狂信者である彼らは、教団への批判に激しく反発する。教団幹部の半島人の犯罪行為でも追及しようものならば、完全に洗脳された中年婦人の群れが、どかどかと大群でなだれ込んできて蹂躙する。結果だれも半島人犯罪者の行為を追及できなくなり、犯罪は自由に行われるようになるのだ。

檜垣登志子は、少なくとも統率の創始者が韓国系だということは、一応どこかで聴いたような記憶があった。だが、聞賎明が現在の北朝鮮の生まれで、スターリン・金日成により南に潜入させられた共産スパイであることなど、この中年女に知っておけと言っても最初から無理な話である。

当の統率信者でさえ、聞賎明の真の姿を知っているのは、ごく一部の、北朝鮮系の在日信者だけであるのだから。所詮は、狭量なカネの亡者、魂の穢れた目先しか見えない馬鹿な女に過ぎない。

登志子も加東も、オヲムが北朝鮮に連なる日本国内の半島人勢力を糾合した組織であり、北朝鮮のために資金稼ぎや軍事行動の準備をしていたなどと、全く想像すらしなかった。

無理もない。日本人の大半が、意図的に事実を隠蔽した政府とメディアの謀略に騙されていたのであるから。そして、事実を知ったときには、既にどっぷりと深みに嵌り、半島勢力の謀略の坩堝から抜け出せなくなっていたのである。

こうなったら、彼らの組織の正規の構成員となり、組織と運命を共にするしか、道は残されていない。完全舎弟化である。

組織の裏事情を知るにつれ、登志子は自信を取り戻してきた。組織が北朝鮮とつながっていることは確かだが、それだけではなかった。

オヲムの実態である統率協会は、日本の政界に強大な支配力を誇っていることを登志子は知った。民自党の議員のうち二百人以上が、統率協会の政治資金で議員活動をしていると知った。これらの議員の秘書も、大半が、統率協会から送り込まれているという。民自党だけではない。最大野党にも、党率協会の息のかかった議員が多数いる。

統率協会に日本の政治が半ば支配されている。

これなら、大丈夫だ。この組織と組んでいる限り、どんな犯罪も露見することはない。統率の組織力で、どんな告発も潰せるし、警察や司法も黙らせられる。

登志子は、ホッと一息ついた。しかし、北朝鮮と直結した右翼宗教が、日本政界を支配しているという不思議な構造が何を意味するのかは、登志子にはいまだに理解できていないのである。この陳腐な人物にはこれ以上の理解は不可能である。

さらには、組織の背後には、信じがたいことにアメリカの情報機関までいるようなのだ。北朝鮮の傀儡であるオヲムに、北朝鮮の仇敵であるアメリカの情報機関が肩入れをしているという事実を、どう解釈すればよいのか、登志子には皆目理解できなかった。

登志子のような凡人は知りもしないが、表向きは鋭く対立しているように見えるプッシュ政権と北朝鮮だが、実態は互いの利害が一致して、「対立」を演じているだけなのだ。

北朝鮮とつるんでいたのは、オヲムだけではない。オヲムにスパイを大量に送り込んでいた層和も統率も、北朝鮮とは切っても切れない関係を持っている。

北朝鮮の拉致問題、核開発批判などで先頭に立ち、強硬姿勢を見せている人たちがいる。保守派議員と言われる政治家たちで、国際反共連合なる在日右翼団体に協賛している。彼らの大半は、同時に大日本会議という団体とも関係が深いようだ。どちらも、統率教会という、聞賎明率いる在日宗教の関係団体だ。

大日本会議には、切支丹の幕屋なる原始キリスト教団体が関与している。ユダヤ教に近い宗教だ。切支丹の幕屋が、会議の事務局の運営に当たっている。

実は、この信者たちが、統率協会から送り込まれた偽信者なのだ。統率が直接関与しているとわかると、大日本会議が反共連合のダミーであるとばれてしまう。統率は、霊感商法で社会的信用を完全に失っている。だから、名前を極力隠したい。そこで、切支丹の幕屋なる隠れ蓑を使っているということだ。

だが、どう隠しても、大日本会議は、結局は統率がやっている傀儡組織ということになる。統率の名前が出ると社会的に相手にされないので、隠しているだけだ。統率が他のカルトに入り込んで乗っ取り、ダミー化して「統率」の名前ではできないことをやる。オヲムのケースと同じだ。だから、作る会を中心とした右傾化扇動も、結局は、統率協会の策謀だ。

一方で、同様に層和学会にも統率信者が潜入して、乗っ取りを進めているとみられる。最近、層和も日韓摩擦促進にご執心であるし、かなり、統率のリモコンロボット化しているとみる。日本の右傾化扇動は、隠れ北朝鮮カルト・統率の利益となる。

保守派議員たちは、防衛族議員の中心になっている。MD計画（ミサイル防衛計画）推進を主張しているのも、この人たちだ。日本版ネオコンと呼ばれる人たちも、やはり同じグループの人たちである。

週刊誌の調査では、この保守派議員、つまり、聞賎明の主宰する右翼団体から、政治資金を得て活動している議員が民自党と野党第一党に併せて二百人以上いるというのだ。

さらに、反共連合から、これらの議員に秘書が派遣されている。無給ないしは格段に安い給与でよく働いてくれる。議員は重宝して、反共連合からの秘書の数を増やす。だが、同時に秘書は、議員のウイークポイントを握ることになる。給与は、議員に返上するか、少額しか受け取っていない。これが発覚すれば、「秘書給与横領疑惑」が発生する。どこかの野党の女性議員のように議席を失うことになる。議員は、秘書を通じて、反共連合さらには統率協会に支配され使役されることになる。

また、統率協会信者が身分を隠して、議員になり上がった例も多々ある。彼らが、北朝鮮の拉致問題を声高に非難し、核開発疑惑を糾弾する先鋒である。

だが、不思議な話だ。彼らの指揮系統は、統率協会である。北朝鮮と直接繋がった統率協会系の議員が、なぜ、北朝鮮を攻撃するのか？　実は、日本で、北朝鮮批判を展開することが、北朝鮮の延命に寄与するのである。

さて、日本の「右翼」勢力の総元締めである国際反共連合だが、総帥は、聞賤明という外国人だ。聞は、現在の北朝鮮の生まれだ。キリスト教者であったため、共産国家北朝鮮では、迫害虐待を受け、何度も死にそうになったそうだ。だが、それは事実かどうかはわからない。本人がそう言っているだけだ。当時の北朝鮮では、宗教はご法度(はっと)だったので、宗教者とわかれば、即刻処刑されていたはずだ。

また、聞賤明の述懐する内容の拷問や虐待が本当に行われていたなら、聞は、何度も失明し、少なくとも三、四回は死んでいたことになる。命からがら韓国に逃げてきて、後に統率協会なる宗教団体を設立したということだそうだ。

この人物が、「北朝鮮の核ミサイルに対抗するために、プッシュの推進するMD計画に日本も参画すべきだ」と熱烈に主張してきた反共議員たちの黒幕だ。プッシュ親子や、プッシュのスポンサーのロッケンフェラー、さらには、シャルン首相とも深い関係を持つ、国際的に暗躍する宗教家だ。

この聞が、一九九〇年頃から、北朝鮮に擦り寄り、金親子と非常に濃密な関係を築き上げていた。金日成と義兄弟の杯を交わし、北朝鮮で大々的な事業展開をしているのだ。巨大なホテルや自動車製造工場まである。数千人の日本人信者が常駐しているそうだ（ただし、日本には、半島から帰化した「日本人」がたくさんいる。彼らが、教団から、日本人として派遣されている可能性が高い）。

また、日本の統率信者には、北朝鮮の飢餓状態を訴え、北の庶民を救うために援助しようと呼びかけている。結果、信者たちはかなりの無理をして献金したようだが、食糧援助には使われず、なぜか、ミサイル開発の費用の方に回されてしまったようだ。どういうことなのだろうか？

統率は、南米では名の知れた麻薬密輸業者、マネーロンダリング業者だが、統率の北への接近以後、北の麻薬生産が急増している。また、従来は中国製がほとんどだった日本の覚醒剤も、大半が北朝鮮から入ってくるようになった。なにか、統率とかかわりがあるのだろうか？　ある。大いにある。

また、統率と同じ時期に、アメリカの福音派の有力伝道者、ビル・プラハムも北朝鮮に足繁く通うようになっている。プラハムは、プッシュをアル中から救った、プッシュの導師と形容される人物だ（アメリカの福音派指導者は軒並み、聞賤明に買収されている）。聞・プッシュの黒幕と目されるD・ロッケンフェラーも、北朝鮮にパイプを作っている。北朝鮮では、日本海側でも黄海側でも原油の埋蔵が確認されている。そしていつのまにか、これらの採掘権の交渉が、北とアメリカの石油会社との間で始まっているのだ。「石油」は、ロッケンフェラーと盟友のユダヤ商人の独占事業だ。ロッケンフェラーが関わっているだろう。

国家同士は対立しているように見えるけれど、ロッケンフェラーとピョンヤンは、そうでもないかもしれない。また石油ではなく、タングステンなどの鉱物資源では、ロッケンフェラーは既に北朝鮮に触手を伸ばしている。一九九四〜九五年頃、ロッケンフェラーの名代の共和党議員が、何度も北朝鮮に足を運んで、鉱山の試掘契約を結んでいる。これは、両者の直接の接触を意味する。

北朝鮮を強烈に非難し糾弾する反共議員の背後にいる聞賎明や、プッシュに近い福音派、さらには、プッシュの黒幕のロッケンフェラー、こういった人たちが、北朝鮮に直接の利害関係を持ち、ビジネスまで展開している。

そして、北朝鮮が飛ばす、ノドンやテポドンミサイルの脅威に対抗するためのMD計画を担うのは、北朝鮮で鉱山開発をやろうとしている、当のユダヤ商人の会社なのだ。MD推進を声高に叫ぶ勝共議員やアメリカの共和党タカ派は、金日成の義兄弟である聞賎明から資金援助を受けている身なのだ。

こんな馬鹿な話があるだろうか。北朝鮮の軍事的脅威を煽り、それを商売に繋げて儲けようとしている連中がいる。そして、連中こそが北朝鮮に一番近いところにいる。ふざけた話だ。

彼らが儲けるためには、北朝鮮にはいつまでも「脅威」「ならずもの国家」でいてもらいたいはずだ。北朝鮮が崩壊すれば、MD計画の名目はなくなる。ここで、北朝鮮とロッケンフェラー・プッシュの利害が一致する。

北の封建体制を維持したい金正日。北の軍事的脅威を言い訳にして稼ぎたいロッケンフェラーとプッシュ。かくして、両者の裏取引で、半島の軍事的危機が演出されるのである。

その両者の仲を取り持ってきたのが、聞賎明の統率協会なのだ。

北朝鮮は、工作員を敵国に送り込み、宗教活動を隠れ蓑に使わせる手口をとる。日本で摘発された北朝鮮スパイも、キリスト教の宗教団体をでっち上げて正体を隠していた。同じことが、もう少し大きなスケールであるようだ。聞をはっきりと、スターリンと金日成が送り込んだ共産スパイの成れの果てだと見極めるべき時期が来ているようだ。

北の延命を望む金正日と聞賎明が、同じく北の延命が利益に繋がるブッシュとロッケンフェラーと組んで、MD詐欺を展開している最中のようだ。彼らにとっては、迎撃ミサイルに迎撃能力がなくとも、命中しなくても一向に構わないのだ。金さえ儲かれば。

層和学会も極めて不可思議な動きをしている。層和はフランスでは危険な「カルト」と認定されている。フランス内務省は、層和の謀略組織的側面を見逃さなかったのだ。層和は、フランスで軍機密の核開発施設の近くに不動産を買って、核技術を盗もうとしたのだ。地元の有力者も組織に取り込もうとしたそうだ。盗んだ核技術を北朝鮮に技術供与するつもりだったのだろうか?

そういえば、層和と関係の深いオヲムも原発技術を収集して、北朝鮮に供与していた。北の核兵器開発には、層和も寄与しているのだろうか?

層和の軍事技術泥棒には、三米商事のパリ支店を悪用したようであるし、どうやら、外務省内部の層和信者団体、大阿呆会も組織的に関与していた様子だ。三米は、全社まとめて、層和の巣窟と化したようだ。層和学会という団体の性格をもう一度吟味すべき必要があるようだ。

層和は、名誉会長を含めて、「在日」主体の団体であり、在日の祖国のひとつは、北朝鮮だ。宗教を隠れ蓑に、軍事スパイまでやっている恐れが強い。これが、層和学会の真の姿なのである。

ネット上で、怪しい情報が流れている。層和学会が、南アフリカで武器弾薬を調達しているというのだ。155ミリ榴弾砲、40ミリ・グレネードランチャー、自動小銃等々……一体、何に使うつもりなのか？

後述するが、これから、層和が計画していると思われる「オヲム事件の本番」の際に使う予定の武器なのだろうか？　層和外交官の外交特権を利用して、これらの武器は既に日本に持ち込まれているのだろうか？

この異様な行為の裏には、層和と北朝鮮の濃密な関係があるのだ。層和は、北朝鮮の出先機関である統率協会と、境界線のない、北朝鮮シンパ勢力に変容してきているのである。そして、その北朝鮮と蜜月関係にある在日宗教は、一方で、ロッケンフェラー、プッシュと手を結び、半島の緊張を煽ることで互いの利益を図っているのである。

北朝鮮は、極東における脅威であり続けることが、封建国家体制存続の条件であり、ブッシュ一味にとっては、北の体制が今のままであり続けることが、黒幕のユダヤ商人にとっての利益になるのだ。オヲムの母体である統率協会の聞賎明が、アメリカのブッシュ大統領親子と親しい関係だというのは周知の事実である。そして、父ブッシュは、CJA長官を経験したCJA人脈のボスである。そして、ブッシュの背後にはウォールストリートのユダヤ人大資本家が控えている。

一方、統率協会は一九九〇年ごろから北朝鮮に接触をはじめ、数千人の信者をピョンヤンに送り込んでいる。ピョンヤンでは、麻薬事業に信者を従事させているほか、自動車製造工場まで経営しているのだ。

つまり、ブッシュは、聞賎明を通じて、北朝鮮とのパイプを持っている。ミサイル防衛計画でぼろ儲けできるユダヤ人が、ブッシュを、そして、統率協会とオヲムを動かしているのである。

そして、統率とオヲムが北朝鮮の王朝に働きかける。北朝鮮の軍事的挑発行動は、MD計画で金儲けしたいユダヤの老人の望むところである。テポドンは、ユダヤの老人の意向で、ブッシュが指示して、北朝鮮が発射したのである。お互いの利益のために。

檜垣登志子の接触相手である裏組織に、半島人のみならず、米国の情報機関、ＣＪＡまでが関わっていたのには、こうした複雑な関係があったのだ。オヲムは、その意味で、ＣＪＡの指揮系統下にあったといえるのだ。

在日宗教の舎弟企業として巨大組織の末端に組み込まれた加東の会社に、ひとつの変化があった。今まで、取引先として長い関係のある、非常に大きな機械メーカーが、裏からアプローチしてきたのである。

つまり、「WELCOME TO OUR UNDERGROUND SOCIETY」という歓迎の意を内密にあらわしてきたのである。在日宗教の裏組織は、その大機械メーカーにも入り込んでいたのだ。

三米重工業は世界最大の機械メーカーであり、日本最大の軍需産業である。軍需産業は、日本右翼社会の元締めである統率協会及びその政治部門である反共連合と切っても切れない関係にある。さらには、巨大仏教系在日宗教団体の信者が、非常に多く、採用されていることも事実だ。歴代の防衛庁長官・防衛大臣は、軒並み、反共連合の息のかかった右翼色の強い政治家が就任することになっている。統率協会も層和学会も、三十年も以前から、三米重工業の内部に深い根を張っていたのである。

三米重工もまた、統率協会と層和学会の背後には、ニューヨークの老人がいることを熟知している。ニューヨークの老人は、世界の防衛産業のボスでもある。統率・層和に歯向かえば、三米は、ニューヨークの老人に歯向かっていることになる。そんなことをすれば、防衛商売で飯が食っていけなくなる。

ニューヨークの老人の一族は、代々、大きな戦争の当局者双方に資金を融通することで、戦争の火種に油を注ぎ、結果、武器弾薬を双方に買わせて、たっぷり儲けてきた。信じがたいことに、スターリンのソ連も、ヒットラーのナチスも老人の一族が中心となって、資金援助されていたのである。

軍需産業に従事する限りは、この老人のご機嫌を損ねることはできないし、老人に唯々諾々と従っていれば、仕事は確実に回してもらえるのである。その意味で、統率・層和の舎弟企業のひとつになることは、企業としても、経営の安泰を意味するのだ。

三米重工業は、ミサイル防衛構想の重要な部分を担うことになる企業でもある。北朝鮮のテポドン・ミサイルの脅威を理由にした極東におけるＭＤ計画は、日本の設備するミサイルやイージス艦や偵察衛星を部分的に日本企業が製造する方向で話が進みつつある（この計画は絶対に実現しない無駄遣い計画である。米の民間研究者たちも、現実には迎撃は不可能であるとの結論を出している。だが、ブッシュ政権にとっては、迎撃が成功しようがしまいがどうでもいいことだ。巨額の国費を費消し、黒幕のユダヤ人を儲けさせることが、傀儡政治家としてのプッシュの役割なのだ。むしろ、いつまでも成功させずに、莫大な開発費を、ハリバートンやロッキード・マーチンの懐に落とせというのが、ニューヨークの老人のご命令であろう)。そうなれば、三米重工業にも初年度五千億円のMD予算のうち半分もしくは過半の額が転がり込んでくる。防衛予算は、利益率の非常に高い「特命」商売である。喉から手が出るほど欲しい。勢い、三米重工は、統率と背後の黒幕に尻尾を振ることになる。

さらには、統率協会が北朝鮮との窓口になって、金正日に働きかけ、ノドン・ミサイルを発射してもらい、不審船を出没させているのである。統率が仲介して、北朝鮮にならずもの国家を演じてもらっているからこそ、MD計画で国家予算を無駄遣いすることが許されるのである。統率と北朝鮮の関係が、軍需産業利権のためであることなど、三米重工の幹部にとっては、先刻承知のことなのである。

いったん、同じ舎弟企業群の末端に加わった加東の会社には、上部の高位の組織である三米重工業から、OB社員がお目付役として派遣されることになった。これで、名実ともに「裏権力組織の一単位」として認められることになる。

三米重工業が提示してきた男は、役員になり損ねた前部長であった。習学院出のこの部長、杉山が三米に入社できたのには、極めて明快な理由があった。杉山の父君は、戦後、自衛隊の将官を勤めた人物であった。しかも、旧陸軍軍人であり、マレー半島の戦争で勇名を馳せた大将軍の副官だった人物である。非常に毛並みのよい陸軍軍人の息子であったがゆえに、三米にも入れたし、部長にまで昇進できた。

だが、そこまでだった。どうしても役員にはなれなかった。会社が提示してきたのは、東京のぱっとしない中小メーカーの常務職だった。気に入らなかった。だが、杉山が若いときから所属している裏権力組織の方からは、非常に重要な拠点であり、統率や層和、ニューヨークの本家組織とも利害のある大事なポストだと聞かされた。

杉山は、自分を納得させて、しぶしぶと、東京・杉並の古びた社屋に赴任したのである。杉山を迎えたことで、加東の会社は、宗教舎弟企業群の中でもワンランク上にステップアップしたのである。

脱税

加東は税務署に強い反感を持っていた。過去に、見解の相違から、追徴課税を受けたことがあったからだ。その際に、税務署の係官から、恩着せがましく、「追徴の減額をしてやろう」と高圧的に持ちかけられ、加東は檄高して相手を罵倒した経験があった。

「お前が自分の裁量で法律をねじ曲げるな。法律どおり、きっちりと徴税しろ」

そう、がなりたてた頃の加東は、まだ腐った経営者ではなかった。

だが、カルトの舎弟企業となった今は、とにかく、一円でも多く儲けて、上納しなければならない。社内の裏仕事グループも腹をすかしている。全面的で大掛かりな脱税を進めなければならない。

加東は、驚いた。カルト組織が、大型脱税の手伝いを全面的に請け負ってくれるのである。税務署の摘発情報は逐一入ってくる。税務署内部にもカルトの構成員はいる。そのカルト信者が内部情報をどんどん流してくれる。「来週の火曜日、税務調査が入ります」と。

そして、なんと、調査に来た税務署員のうちのひとりも、カルトの仲間だった。

加東の会社の脱税は、これでやりたい放題である。絶対にばれない。

脱税した数億円の中から、カルトに所定の手数料を支払う。裏技グループにも臨時ボーナスを出す。だが、表側の経理状態は、赤字ぎりぎりの数字に粉飾しておく。一般社員には、会社の経営が苦しいと説明する。四億円程度の比較的大型の受注工事で、一億五千万円の予算超過が発生したと偽る。勿論嘘である。そして、それを理由にボーナスを削る。

社員は、予算の積算をした役員に白い眼を向ける。馬鹿な積算しやがって、おかげで、ボーナスもろくに出やしない、と。

だが、その役員は誤った積算などしていない。役員の仕事は、社員の怒りの矛先を一手に引き受けることである。裏ボーナスの額を考えれば、その程度の役回りなど、たいした苦痛ではない。おまけに裏側での論功行賞で、出世にも繋がる。損な役回りではない。

日本には、いくらでも脱税のできる人たちがいる。同じ宗教カルトのグループに属したその人たちが、脱税で捕縛されることはない。取り締まる側にカルトの仲間がいて、助けてくれるからだ。勿論、税務署のカルトにも反対給付が用意されている。損をするのは、真面目に税金を払っている一般企業だけである。

カルトの脱税組織は、日本全国に網羅されている。カルトの舎弟企業になれば、この恩典を受けることができる。そして、「保険料」の類である上納金を上部組織に納めるのだ。

こうして、本来は国庫や市町村に入るべき税収が、カルトの懐に消えていく。そして宗教舎弟企業は、好き放題の脱税をし、日本の国家財政を危うくする。

保険金

一方で、杉並本社の「裏仕事グループ」に不満が鬱積してきた。檜垣登志子が約束した裏給与が滞っているのだ。思ったとおりには、裏収入が入ってこない。オヲム、つまり、統率・層和の半島人グループからの上納金の要求が厳しく、余剰金は片っ端からさらわれてしまう。白沢や仲村は露骨に不満をぶつけてくる。ヤバい仕事をやらされているのに報酬がないのは、約束違反だと詰る。檜垣登志子も加東も困った。

東松山でも、また、困ったことが発生していた。子会社の営業職の男が、作業員のエレベーター事故死に疑問を口にし始めたのである。酒が入ると、男は、「あれは、誰かが殺ったんだ」と、東松山名物の味噌ダレの焼きトンを頬張りながら、飲み屋の常連に吹聴した。放置してはおけない。この男も処分対象か？

登志子から、この男のことと裏仕事グループの不満の問題を報告されたオヲムの担当者は、無言で、うなずいた。それが、「処置します」という回答のしるしだった。両方とも解決するという意思表示だった。

東松山勤務の営業職・左藤梅夫は、久々に杉並の本社からやってきた親友の仲村龍二と酒を酌み交わしていた。杉並在勤時代からの飲み仲間である。一番の親友の来訪に心は弾んだ。

だが、普段なら、無駄に明るいといってもいいような、いつもの仲村らしさはなく、なぜか湿っぽい酒になった。左藤の目を見ようとしない仲村のよそよそしさが気になった。しかし、仲村の持つビールのグラスが、緊張で、かすかに震えているのに、左藤は気づかなかった。

夕食後、仲村と連れ立って、夜道をふらふらと歩き出した。仲村は、ちょっとションベン、そう言って、道端の暗がりに入っていく。街灯と街灯の間の薄暗がりをふらふらと歩く左藤の背後から、濃紺のトレパン姿の男が音もなく近づいた。

男の右手には、透明の液体が充填された注射器が握られていた。男は、注射器から液体を押し出し、左藤の首筋に注射した。即効性のある薬物だ。左藤は、その場に崩れ落ちた。

「左藤は、夕食後、急に気分が悪くなり、付き添われて病院に入院した」と周囲には報告がなされた。そして、一週間ほどして死んだ。死因は、誰もはっきり口にしなかった。

左藤の訃報を杉並本社にもたらしたのは、例の裏仕事グループのメンバーたちだった。

なぜか、興奮したようすが見て取れた。彼の死を報告しに来た白沢は、死因を聞かれると、口ごもって、「よくわからないわ」と答えた。

左藤は東松山でひとりで生活する独身者だった。田舎から兄が駆けつけた。兄弟で松竹梅と名前を分け合った三人は、一番下の弟を失って、「松竹」になってしまった。梅夫の遺骨は、兄の胸に抱かれて、寂しく、東北のふるさとの町へと帰っていった。松夫も竹夫も、末の弟の骨壺の灰に、特殊な致死性薬物の残滓が含まれていることも知らずに。

杉並の「裏仕事」グループは一種の集団興奮状態にあった。左藤には、多額の保険金が掛けられていたのである。

オヲムの舎弟企業化した後、加東の会社は、オヲムのために多くの便宜を図っていた。工場のある羽村や昭島に、加東の会社名義で事務所を借りてやるのもその一環であった。オヲムは、上九五色村から逃げてきた信者たちをそこに収容した。彼らは、なにやら、おかしな事業をはじめた。アジア技研興業と看板の掛けられた事務所では、なんと、「保険金殺人の代行業」を始めていたのである。もともと、オヲム時代からやっていた実績ある事業だという。メンバーも勝手のわかったプロばかりだという。

実は登志子は、社内の「これは」と思う社員には、一年ほど前から、複数の生命保険を掛けていたのだ。組織が会社に介入してきてからすぐに、そうするように指示が出されていたのだった。

左藤は、家庭を持っていない、「騒ぐ家族のいない」狙いやすい独身男だった。裏仕事グループの臨時収入の道具として、一年ほど前からノミネートされ、保険まみれにされていたのである。

保険金殺人代行組織は、左藤梅夫の殺害に際して、極めて周到な準備をした。保険金詐欺を疑われないよう、ダミー会社を設立し、左藤を勝手に代表取締役として登記し、巨額の経営者保険や、会社保険を掛ける。それ以外にも会社名義で小口の保険を複数掛ける。死亡時の受け取り保険金が三百万円以下なら、保険協会のコンピューターにも登録されない。だから、小口でたくさん掛けられるだけ掛ける。

驚いたことに彼らは、保険会社内部にも仲間を持っていた。その仲間たちは、あの仏教系の巨大宗教の信者でもあった。左藤の身代わりに用意された同年輩の人物が、保険会社の健康診断に臨む。保険会社の嘱託医は、その人物がダミーだと知っていながら、涼しい顔をして診断書を発行した。

「はい、左藤さん、おおむね健康ですね」

「ありがとうございます」

左藤の身代わりの層和学会員、金成進は慇懃に医師に頭を下げた。いつものあの連中の仕事なら、絶対にばれない。俺も、小遣いが入るし、誰も困らない。女房もあの宗教に入っているし……。

医者には、確信があった。保険会社の本人確認など、ほとんど形骸化していた。医師が本人と認知する方法論すら規定がなされていなかった。さらに、医師がグルであれば、百パーセント確実にうまくいく。被保険者の承諾書も、簡単に偽造される。

用意周到な保険金詐欺が、保険会社内部関係者とともに進められる。保険会社の内部関係者を保険金殺人に関与させるのは、保険金詐取を目論む首謀者にとっては、必須の条件である。事後、保険会社の調査部が、「事件性」を疑ったとしても、社内の人間の犯罪関与がわかれば、事件として部外に漏らせなくなる。会社全体の不祥事に発展してしまうからだ。そこで、保険会社は、何も言わずに黙って保険金を支払う。それが犯罪であることを知っていても、闇に葬る。会社の信用を維持するために。

左藤梅夫は、即死ではなかった。山朽敏夫の息のかかった病院で一週間ほど生きてから死んだ。いや、正確にはそうではない。一週間ほど意図的に延命された後、教団の用意した薬物で、引導を渡されたのだ。

倒れてすぐに死んだのでは、原則として、検視解剖に回さなくてはいけなくなる。本当に解剖すれば、死因が薬物であったことが発覚してしまう。左藤は、検視を避けるために一週間生かされたのである。

薬物の投与自体は、志願した裏仕事グループのメンバーのひとりが実行した。医師は、最後の直接の殺人行為だけは、やってはくれない。

裏社会では、ヤバい仕事を引き受ける人間こそが、出世していく。グループ内での評価の欲しい仲村が、率先志願して毒物の入った注射器を握る。裏仕事グループの何人かが、ベッドの脇で青ざめながら、仲村の所作を見守る。事後に逃亡・脱落しないように、殺人場面に立ち会わせて「共犯」意識を植え込むのである。

仲村は、親友を自らの手で殺害することにより、晴れて一人前の犯罪者となった。犯行に直接関与させることにより、裏切りのできない境遇に追い込む。秘密を握ることで、次から次に、犯罪に従事させる。

五年後には、裏仕事の功績を認められて、加東の会社の常務になる仲村は、便利で立派な犯罪実行為者として、カルト教団から指名されたのである。

病院の医師も看護師も、オヲムではない別の仏教系宗教団体の構成員だった。病院自体が、特定の宗教と繋がっている様子だ。教団は違っても、医療関係者の彼らには横のつながりがある。宗教とはかかわりのない「民族」という共通点があるのだ。一、二代ほど前から国籍は日本でも、心は違うところにある日本人が、わが国にはたくさん生息しているのである。そして、その日本人であって日本人ではないような人たちの見えない横のつながりが、厳然として存在するのである。

警察はあえて検視解剖に回すことはしなかった。山朽敏夫の根回しもあり、警察は、左藤の死亡事案を自然死として、穏便に処理した。警察が動かなければ、保険会社に、支払いを止める理由はない。各社とも支払いを承諾してきた。保険金は、特に問題なく、死亡後二週間ほどで、それぞれ支払われた。そして、餌を待つ野鳥の雛のように、口を開けて欲しがっている裏仕事グループのメンバーに、やっと、分配金が支払われたのである。

白沢も仲村も破顔して喜んだ。こんな大金を一度に手にしたことはなかった。

無二の親友の命を金に換えて手にした仲村は、もはや、良心の痛みを感ずるほどの理性も失っていた。仲村は、札束を両手にしたまま、白沢と馬鍬い、下半身でつながったまま、ふたりして嬌声を上げた。白沢は垂れ切った、先端の黒ずんだ乳房を弾ませて、男を貪った。左藤梅夫は、この元親友と浮気相手のために、心ならずも、自分の命を金に換えて、献上させられたのである。

だが、オヲムは隠匿物資の存在を気にかけていた。警察の捜査の網も狭まってきた。オヲムの黒幕とて、警察組織すべてを支配できているわけではない。警察全体の動きをコントロールはできていない。メディアの追及も気に掛かる。息のかかった読瓜、経三、昧日の大新聞は、コントロールできるが、伸潮をはじめとする週刊誌メディアは、その限りではない。

広告代理店の雷通を通じて、偽情報を流し、オヲム事件の真相には肉薄できないように配慮はしているが、制御の利かない週刊誌系のメディアもある。彼らに東松山の隠匿物資を嗅ぎ付けられてはまずい。

どこで嗅ぎつけたのか、加東の会社の埼玉の子会社のひとつに、週刊誌の記者が取材に来たという。どこで、情報が漏れたのか？

隠匿物資そのものを抹消してしまうしかない。そう判断したオヲムの幹部、つまり、統率協会の外国人幹部は、杉並の加東に通達を出した。東松山の倉庫を倉庫ごと燃やせ、と。連絡を受けた加東は、ゆっくりと立ち上がり、自席の後ろの灰色の書類ロッカーを開けた。「火災保険」と書かれたファイルをぱらぱらとめくった後、加東はオヲムに「火事了解」の連絡をするよう、檜垣登志子に目配せした。

東松山の倉庫が突如、火事になった。包装材料などプラスチック類の倉庫だった。どんどん燃えた。面白いように燃えた。よく燃えるように細工がされていた。東松山消防署が駆けつけ、半焼状態で鎮火した。現場の消防署員は、上層部の隠れた思惑など知らない。

必死に火と闘い鎮火させてしまった。

現場の消防隊員は、まだしっかり鎮火していないのに撤収すると言う消防隊長の指令に首をかしげていた。このまま帰ったら、再出火するかもしれないのに、と思った。いつもの火事では遭遇しないような変わった匂いのする火災現場だった。そして、案の定、消防隊が帰った後で、再度出火した。いや誰かが出火させた。そして、今度は倉庫は全焼した。

一トンを超える北朝鮮純正の覚醒剤は灰となった。ＬＳＤの原料も消えてなくなった。数種類の毒ガス類も酸化されて、別の化学物質に姿を変えた。もっとも、銃器や弾薬類は予め運び出され、加東の会社の系列の東北の工場に移されていたが。

加東は、杉並本社で「消防署に、燃されたようなもんだ」と心にもない憤懣を加えつつ語り、再出火は消防署の責任だと強調した。「火災保険で元は取れるんじゃないですか？」と聞かれた加東は、トントンだと答えた。どす黒い悪意が、加東の口から炎のように顔を出した。

武装蜂起

オヲム騒ぎは一段落した。加東の会社の隠蔽工作も一応、成功し、終息を見た。当面、恐れることは特にない。オヲムの名を借りた統率協会と層和学会の半島系譜人たちは、オヲム撤収後の計画通り、すべてを水面下で進行させる。一九九五年末に実施するはずだった日本同時多発テロを、いつ、決行するのか？　それまで、戦力を温存し、武装蜂起に備えなければならない。資金稼ぎも必須だ。

オヲムの武装計画の目的は、日本の司法によってもメディアによっても全く解明されていない。解明されては困る世界権力が、オヲムの背後にいたからである。

オヲムの騒乱を利用して、世界規模の大きな戦乱を招こうと計画していた、ニューヨークの摩天楼の老人は、オヲム事件の真相を隠蔽するよう、日本の飼い犬たちに命じたのである。

老人とつるんだ二大宗教、その二大宗教に支配される政権与党の二党、老人と在日宗教の双方と関係の深い大手新聞社三社とその系列のメディア、そして、ニューヨークの老人の支配権の及ぶ日本の広告界が、オヲム事件の真相隠蔽に八面六臂の活躍をしてくれた。「マインド・コントロール」なる、オヲム事件の本質とは全くかかわりのない戯言（たわごと）を垂れ流し、世間の目を釘付けにして、オヲムの真相を見事に覆い隠して見せたのである。

ニューヨークの老人は、隠蔽工作の中心となった、子飼いの雷通の幹部の忠誠を高く評価した。そして、ニューヨークの老人と直接のパイプを持った、大衆扇動のためのメディア、読瓜、経三の二新聞の幹部にも、その功労を讃えた。

層和学会の支配下にある昧日新聞も「坂木弁護士がどこまでオヲムの背後関係を知っているか」を探るために、動員された。昧日の子会社のＴＳＢテレビが坂木弁護士のインタビューを撮影したのは、坂木弁護士が「組織にとってまずい」情報をどこまでつかんでいるかを探るための、層和学会在日裏部隊による茶番劇だったのである。そのインタビューの結果が、組織が「坂木処刑」を決めた直接の原因である。

坂木は、組織にとって極めて危険な情報をつかんでいたのである。坂木弁護士の口から、オヲムと北朝鮮の関係が語られれば、すべては水泡に帰する。だから、緊急避難的に坂木弁護士は、処分された。

オヲム事件の一連の裁判では、殺害実行者は、オヲム信者だということになっているが、これらは、濡れ衣を着る目的で名乗り出たダミーである。オヲムに潜入していた統率・層和の狂信者が、幹部から言い含められて、犯人を演じているに過ぎないのである。実際の犯人は、層和が雇った山朽組系権藤組のヒットマン三人であった。ヤクザの仕事だったのである。

坂木弁護士一家は、自宅で絞殺されたことになっている。だが、これも事実とは相違する。坂木弁護士に近い、坂木弁護士に「警戒心を抱かせない」関係にある女性が、坂木宅を訪れ、歓談して後に一家を外に連れ出した。予め、女と示し合わせて待機していたヤクザが、彼らを拉致して、山中で頭部を鈍器で殴って殺害したのである。坂木弁護士は、もとより絞殺などされていないのだ。

そして、神奈川県警の監察医が、真相隠蔽に動員された。たった三人しかいない神奈川の監察医のうちの一人、伊東医師は、オヲム事件の黒幕の要請どおり、オヲム信者の供述に辻褄を合わせて、坂木弁護士の死因を絞殺と断定したのである。勿論、特別の報酬を約束されてである。

この伊東医師は、過去にも絞殺死体を水死と検視するなど、札付きの「裏社会御用達」の監察医であった。この監察医に裏から頼めば、他殺死体も自然死と監察してくれるのである。保険金殺人で儲ける裏社会の人たちにとっては、得がたい最大の協力者である。この監察医が「自然死」だとお墨付きを出せば、保険会社は、保険金を支払わざるをえない。事件性を疑ったとしても、監査医の診断は、絶対なのである。

彼は、オヲム事件でも当然ながら、裏社会のために最大限の協力を提供した。私腹を肥やすために。この人物、最近では、横浜の路上の死亡事案で、実施していない解剖をやったと偽り、他人の心臓を解剖した証拠だとして、法廷に提出して大問題を引き起こしている。そろそろ、裏社会のほうから口封じのための処分の動きがあるかもしれない。

坂木弁護士は、オヲムの背後組織の秘密をつかんだがゆえに、家族もろとも抹殺された。まことに残念な結果である。

だが、坂木弁護士が裏情報をつかんでいたという事実は、オヲムの裏組織の計画に急ブレーキをかけた。日本有事と半島有事の同時作戦は、「坂木弁護士から、裏情報が外部に漏れているかもしれない」という恐れから、中止、断念せざるを得なくなったのである。そして、オヲム事件をオヲムの単独犯行と偽り、すべてを浅原という傀儡人物ひとりに押し付けて終息させる「撤収作戦」が開始されたのである。

たった一人の弁護士の努力が、極東と世界を戦乱から救ったのかもしれない。五十万の正規軍の大群が突如、三十八度線を越え、韓国になだれ込んで、我々の友邦、大韓民国を蹂躙し、殺戮することを、我々の国の首都のど真ん中に、生プルトニウムがばら撒かれ、首都圏が一切の機能停止に陥ることを、たった一人の法律家が阻んだのかもしれない。坂木弁護士と家族の命に換えて。

もうひとつ、オヲムの軍事行動を断念させた事態が、一九九五年当時、北朝鮮国内において発生していた。それは、軍部によるクーデター未遂事件であった。ソ連留学組の将軍が、金正日を打倒しようと立ち上がろうとした。だが、北朝鮮の密告システムに引っ掛かり、あえなく捕縛されてしまったのだ。

北朝鮮では、何年に一度か、中隊規模のクーデター未遂事件は起きている。それだけ、軍人の間にも不満が鬱積しているということだ。だが、これらの試みは悉(ことごと)く、事前に発覚し、首謀者たちは逮捕され、すぐに処分されてしまうので、それ以上、重大な事態に発展することはない。

しかし、一九九五年当時の反乱は、金正日にとって、大きな脅威となる要素を孕(はら)んでいた。最も信頼を置いていた高級軍人が、密かに、クーデターに参画していた可能性があるのだ。頼りにしている軍部に反乱分子がいた。こうなると、南進どころではない。軍幹部を粛清し、組織を立て直さなくては、自分の命すら危ない。下手に今、軍に作戦行動を命令すれば、三十八度線に向かうはずの軍が大挙して、金正日の宮殿を取り囲むかもしれない。そんな強迫観念に襲われた金正日は、計画を断念して、その旨を聞賤明に伝えた。聞賤明は、計画実行を強く主張したが、萎縮しきった小心者の金正日を説得することはできなかった。宮殿から、緊急避難用の隠し飛行場まで、トンネルを掘らせて、クーデターに備えている、小心者の独裁者には、南進どころではなかったのだ。

こうして、金正日は、半島の軍事行動に呼応したオヲムの日本有事計画も、無期延期せざるを得なくなったのである。

(オヲムの真相隠蔽に、主体となって働いた、統率、層和の二教団は、口封じのために、巨額の金をばら撒いた。松本サリン事件で、オヲムのサリン散布よりもずっと早い時間に、毒ガス被害が発生していたことを、メディアに語った人物は、分厚い封筒を見知らぬ人物から受け取ってから、一切を語らなくなった。統率協会の支配下の民自党と層和学会の政党である公正党は、互いにオヲム事件の秘密を共有し、真相隠蔽のために野合した)

オヲムの武装蜂起とは、北朝鮮の朝鮮半島における軍事行動に呼応した陽動作戦だった。一九九五年十一月、オヲムが東京上空でロシア製大型ヘリからサリンを散布することで、オヲムの軍事作戦は展開される手はずになっていた。オヲムの早河は、強制捜査直前にウクライナで輸送機二機分の武器弾薬を調達している。これらが秘密裏に日本国内に持ち込まれ、今でも、武装蜂起に備えて隠匿されているのである。

武装蜂起の目的は、騒乱を起こすことそのものであった。騒乱は最初から成算のない、失敗確実の計画だった。どう間違っても、オヲムが国家転覆を成し遂げ、政権を奪取することなどありえなかった。

勿論、オヲムの一般信者は、武装蜂起の真の目的など知らされていなかった。彼らの大半は、オヲムの手で理想の国家を作るのだと純粋に信じていたのである。もっとも、彼らは騙され使役されるために勧誘された日本人信者ばかりであったが。オヲムの核心的階層は、日本ではなく、半島の系譜を持つ人たちだったのである。

オヲムの黒幕にしてみれば、むしろ、武装蜂起を中途半端で失敗させることが目的だった。事後、反動を利用して、日本に強権的な軍事色の強い政権を樹立することが求められたのである。

オヲムの同時多発的な軍事行動は、日本中に大混乱をまきおこす。通信系統も破壊される。横須賀、横田、厚木、佐世保、嘉手納の在日米軍基地が直接の攻撃を受ける。基地の戦闘部隊にも、内部のカルト系日本人従業員の手引きで強烈な食中毒が蔓延する。日本と在日米軍が混乱のさなかにあるとき、朝鮮半島で、突如、三十八度線が破られる。五十万の北朝鮮正規軍が韓国に大挙して流れ込む。緒戦は、先に攻めた方が絶対に有利である。

一週間もしないうちにソウルは共産軍の手に陥落する。

第一次朝鮮戦争では、日本が米軍の反攻基地になった。日本から繰り出された米軍兵力が、北朝鮮軍と中共軍を蹴散らした。共産勢力は三十八度線の北に押し返された。

金日成の息子は、この教訓を決して忘れてはいない。在日米軍兵力を無力化しなければ、北朝鮮による半島の恒久的占領はなしえない。

まず、在日米軍の行動を妨害し、軍事反攻の準備をさせないこと。横須賀の空母の出港を遅らせること。沖縄の海兵隊をインチョン港に再上陸させないこと。嘉手納のB52爆撃機を飛来させないこと。その間に、韓国全土を占領し、北による支配を確立すること。そして、米軍の反攻の動きに対しては、日本に向かって保有する核を使用すると恫喝して、半島への米の軍事介入を牽制する。北朝鮮の友邦・中国が人民解放軍の大部隊を朝鮮との国境地帯に移動させる。アメリカが半島に対して反攻に出れば、中国も介入するというシグナルである。のど元に核爆弾を突きつけられ、中国の参戦による全面戦争化を避けざるをえない格好のブッシュは、やむなく、朝鮮半島の放棄を宣言する。米国内では、半島で核を使うことを主張する強硬派もいる。だが、北朝鮮に核の洗礼を浴びせれば、二日後には死の灰が、韓国に降り注ぐ。南北の間には、高い山が無いからだ。そして、風向きしだいでは、核の灰は、中国の東北地方や遼東半島を襲う。そうなれば、米中の全面戦争に発展してしまう恐れがある。ましてや、核攻撃には核攻撃で反撃されることがはっきりしている。東風核ミサイルを持つ中国も黙ってはいない。だから、核は使えないのである。「日本に核の洗礼を受けさせるのは忍びない。半島への無謀な軍事攻勢は、金正日の自殺行為的核攻撃につながる恐れがある。友邦国家、日本を壊滅させるわけにはいかない」

だが、これとて、北朝鮮とブッシュ一味の間の密約に基づく、シナリオ通りの半島放棄でしかない。半島の共産化は、ブッシュと背後の資本家にとっては、長年、渇望してきた理想的事態なのである。ブッシュ政権と北朝鮮が鋭く対立しているかのように演じてきたのは、互いに権力を維持し、金儲けするための必要不可欠な条件だったからである。

こうして、韓国はブッシュ政権の手で見捨てられ、半島に出現した統一共産国家は、恒久化される。

ブッシュの背後の黒幕であるニューヨークの老人は、半島の赤色統一という所期の目的が実現し、小躍りする。老人が親の代から、裏でつるんでいた中国共産党の幹部も、老人の野望に加担してくれる。成立した統一朝鮮を中国が承認し、中国・統一朝鮮の共産連合が樹立される。ソ連に代わる「東側」の勢力が誕生する。第二次冷戦構造成立の端緒である。

そのために、中国の旧勢力の象徴である、江沢民が長く権力の座にとどまり、子飼いの人物が、胡錦濤の後継者の座を得ようと虎視眈々と狙っているのだ。江が、胡体制下でも院政を続ける限り、人民解放軍は、ニューヨークの老人の思惑で動かせるのである。そして、冷戦再構築成功の暁には、老人の仲間である統率協会の朝鮮人指導者も、巨大仏教系宗教団体の帰化人教祖も、同じように顔を歪ませ、老人と抱擁しあうのである。共産主義の復活を三人で称えあうのである。

そして、オヲムのクーデターは予定通り失敗に終わる。オヲムの武装蜂起の本当の目的を知らずに動員された無知蒙昧な日本人狂信者たちが、捕縛される。オヲムの名を騙(かた)った統率や層和の朝鮮人信者、帰化人信者たちは、逮捕を逃れ地下にもぐる。

この騒乱の反動で、日本には極めて保守的傾向の強い強権的な政権が樹立される。タカ派ばかりを並べた過激な右翼政権である。閣僚や重要ポストの人物は、どれも統率協会によって政治資金を注入されてきた、聞賎明の飼い犬たちである。そして、連立政権の片輪となる公正党もまた、在日と帰化人によって支配される勢力である。かくして、日本は、今よりもまして、在日・帰化人勢力によって完全に支配されることになる。

こんな世界改造計画が、日本と朝鮮半島の動乱を契機に一九九五年に準備されていたのである。だが、その計画は、実行予定よりも半年ほど前になって、停止された。そして、オヲム事件という「撤収作業」が敢行されたのである。

　この日本有事の蛮行にブレーキをかけたのは、家族もろとも抹殺されてしまった、あの坂木弁護士だったかもしれない。オヲム神霊教と外部の第三者との関わりを知った坂木弁護士は、オヲムの秘密を握っていた。坂木のつかんだ事実が公表されれば、オヲムと北朝鮮の関係がばれてしまう。そうなれば、長年の計画だった半島の武力統一も不発に終わってしまう。だから、急遽、作戦を中止し、坂木一家を抹殺したのではないか。

　だが、彼らは、この試みを放棄したわけではない。加東の会社を舎弟企業化したオヲムから逃れてきた一派は、まさに、この騒乱計画を再度遂行するために下野してきた準軍事組織の面々だったのである。

　そして、この騒乱計画を再度試みる環境を維持しておくために、オヲムに対する破防法の適用が見送られたのである。

　オヲムに破防法を適用する動きは、日本有事計画を諦めていない闇の勢力により廃された。オヲムは、来る日本有事の際に、武装蜂起の主体として濡れ衣を着るという重要な役割を果たすために、温存されたのである。そして、統率、層和から組織維持のための資金が、恒常的に流れ込んでいる。

薬物

檜垣登志子は自らの犯した経理犯罪にがんじがらめに縛られていた。

高椙同様にターゲットにして小金を盗み取ってきた社員は、ほかにも何人かいる。彼らが、高椙のように、檜垣の不正に気づけば大変なことになる。

登志子は夜も眠れない。会社に寄生している在日カルト組織に相談をもちかける。彼らは、犯罪と名のつくことなら、ありとあらゆる対策を持っていた。どんな問題でも、三つの解決策を持っている。まるで優秀な企業のようだ。煩い人物の口封じの方法はいくらでもあるし、口封じだけではなく、同時に生命保険で儲けろと指示される。

カルト組織は、さまざまな類の薬物を所持し、流通させていた。オヲムの薬物密造は、後にたくさん報道されているが、実際に、彼らはありとあらゆる薬物を駆使して、洗脳や犯罪に利用していたのである。

オヲムの第七サティアンは、オヲム裁判では、サリン・ガス製造プラントであったことにされている。だが、これは、明らかな嘘であり、裁判官・検察官も一緒になって、真実を隠蔽しているのである。

東京地検には、少なくとも十二人の層和学会員の検事が作為的に戦略的に集められていたという。彼らは、日本国の法律ではなく、層和学会の本部の在日幹部や、虎ノ門の某国大使館の中のユダヤ人ばかりの情報機関、さらにはそのまた上のウォール街の老人の意向で、裁判を進めるのである。

法律ではなく、オヲム事件の黒幕が「あれは、サリンにしておけ」と指示したがゆえに、第七サティアンは、サリンプラントだということにされたのである。

そして、その真っ赤な嘘を暴かれないうちに、裁判も進まないなか、早々と第七サティアンのプラントは取り壊され、証拠は隠滅されたのである。「近隣住民が早く取り壊してもらって忘れたい」と言っていると、どうにも下手な言い訳をつけて。

オヲム事件の公判で、プラントを設計したはずの張本人が、この設備でどうやってサリンを造るのか、技術的説明ができずに狼狽する場面があった。朝日新聞が記事にしている。

そして、面白いことに、被告を追及する弁護士を、裁判官と検事が「細かいことはいい。本人ができたと言っているんだからいいじゃない」と、信じがたい追及阻止を行っているのだ。

東京地裁と東京地検には、特定のカルト宗教に影響を受けた裁判官、検察官が生息している。彼らは、法律の番人ではない。カルトの代理人でしかないのだ。

悲しいことに、日本の司法は、オヲム裁判で死んだ。自殺したのである。

また、別の公判では、オヲムの土矢被告が、地下鉄サリン事件で使われたサリンは、自分の造ったものと組成が違うと主張した。メディアは、土矢の主張を罪から逃れたいための詭弁だと決め付けた。

だが、地下鉄サリンで使われた毒ガスは、土矢の造った粗悪品などではなかった。

あの事件では、数種類の毒ガスが複合して使われている。中にはサリンもあったが、土矢の造った一液型ではなく、直前に、単体では無害の二液を混合して、猛毒サリンを発生させるタイプのものだった。

サリンにしても、ほかの毒ガスにしてもオヲムの造ったものではなかった。れっきとした軍隊の化学兵器製造工場で造られた複数の毒ガスが東京に持ち込まれて使用されたのだ。オヲム風情の仕業ではない。第三国の正規の化学兵器が使用されたのだ。

それでは、土矢の造ったサリンはなんだったのか?

土矢は、オヲムでサリンを製造していたという事実を残すだけのために、研究を命じられていたのである。

土矢が良質のサリンの生成に成功しようがしまいが、黒幕にとってはどうでもよかった。とにかくサリンらしきものであればよかった。最初から、土矢の造った毒ガスなどは使うつもりはなかったのだ。土矢たちオヲム信者は、罪を負わせるために、「オヲムの犯行だ」と世界に勘違いさせるために、騙されてサリン製造に投入されていたのである。

そして、実際には、各種の毒ガスが使用されたにもかかわらず、警察は、サリンのみが使われたと偽った。オヲムでは、それだけ多岐にわたる毒ガスを製造などできていない。だから、辻褄を合わせるために、便宜的に「サリン」に統一したのであった。全くの嘘がまかり通っている。

松本サリン事件でも、謀略が用意され、日本国民も世界も完全に騙された。松本の事件では、確かに当日、オヲムがサリン散布車を走らせた。だが、不思議なことに、オヲムが走り回った時間よりもはるか以前に被害が発生しているのだ。さらに、宇宙服のようなものを着た人たちが目撃されている。オヲム信者ではない。自衛隊の化学部隊だったのだろうか？

ここでもオヲムは、罪をすべて押し付けられるという使命を果たすために、騙されて「サリン散布車」を乗り回したのである。黒幕の甘言に乗せられて。

実際の被害は、オヲムではない連中の撒いた毒ガスで発生していたのだ。そして、これらの作業に従事した信者たちは、一様に「アサハラの指示でやった」と証言している。彼らは、アサハラの指示で動く部隊ではなかった。

彼らの本当のボスは、教団の外にいる別の宗教団体の幹部だ。彼らは、「すべてはオヲムの責任であり、オヲムの単独犯行だった」と思わせるために動員された、別の宗教・別の国家の息のかかったスパイ信者だったのである。

すべての責任は、アサハラにあると誰にも思わせることで、世間の目が、オヲムの背後にいる統率や層和、そして北朝鮮に向けられるのを回避したのである。大変なお手柄だ。

松本サリン事件では、当初民間人の甲野さんが犯人と決め付けられ、マスコミは甲野さんの周囲に群がった。しかし、これも、シナリオどおりの隠蔽劇の一幕だったのだ。層和信者である甲野さんは、結果として層和学会の危機を救った、教団の功労者ということにもなる。

事件の黒幕は、最初から、甲野さんという薬物を多く所持している人物が、事件（予定）現場近くに在住していることを知っていた。そして、「ちょっとの間、彼に罪を擦り付ける」目的で、偽被疑者として起用、否、利用したのだ。ご本人に自覚はないが。

松本サリン事件の真犯人は、第三国の化学兵器部隊である。事件直後にその証拠を隠滅し、部隊員を安全に撤収させなければならない。その時間的猶予を作るために、警察とマスコミが、甲野さんに掛かりきりになり、ほかに目が向かないように工作したのだ。
黒幕の息のかかった警察幹部が、マスコミに甲野さん犯人説を盛んにリークする。マスコミは一斉に甲野さんに群がる。真犯人は、その隙を利用して、さっさと遺留品を回収し、北陸の海岸から、夜半、ゴムボートで沖合いに出て、小型潜航艇に拾われて、領海外に逃れたのである。行く先は、北方にある半島の、東海岸の軍港だった。

東京地検の宗教臭のする検事たちは、背後の邪教のために、またまた、大ヒットを飛ばした。オヲムの薬物事件の起訴自体を取り下げてしまったのである。オヲム事件の審理を敏速に進めるために、瑣末な案件は切り捨てるというのが、東京地検の説明であった。極めて異例な措置である。過去には、被疑者死亡などの例以外では決してなかった異常な事態である。

オヲムの薬物密造の背後にいて、暴利を貪っていたほかの宗教、そして、薬物の流通に携わっていた暴力団が、背後関係を暴かれるのを防ぐため、東京地検のカルト検事を動かして、起訴を取り下げさせたのである。これが、汚い裏社会の犯罪隠蔽の手口である。

日本は、ここまで落ちた。信じがたいが、ここまで零落（おちぶ）れたのである。

サリン・ガスは、極めて毒性の高い毒ガスであり、微量でも漏れれば、大きな被害が出る。第七サティアンの設備には、換気設備が付随しておらず、またひどく老朽化していて、壁には亀裂も多々見られたという。海外の専門家はあの設備を見て、一言こういったという。「あそこでサリンを試作したとすれば、オヲムの科学者全員と上九五色村の住民の半分は死んでいたであろう」と。

オヲムは当初、この設備で覚醒剤を密造していた。だが、覚醒剤の製造工程で、豚小屋に似た、酷くいやな臭いが発生する。この臭いの公害に、近隣の住民がクレームをつけて、騒ぎになりかけたことがあった。

後に、この臭いは、サリンの製造工程で出た副産物の臭いだったと公式見解が出されたが、勿論嘘である。

サリンは、無色無臭の物質である。オヲムでは当初、内部で覚醒剤を密造していたが、いまいち、市場での評判がよくない。そこで、覚醒剤は、オヲムの本国である北朝鮮からの密輸品に切り替えた。そして、第七サティアンでは、LSDを製造したのである。

このように、オヲムは薬物密造に深く関与した麻薬宗教であったのだ。だが、その麻薬の伝統はオヲム独自のものではない。オヲムの親組織である統率協会は、発足当初から、南米での麻薬密輸やマネーロンダリングに従事してきた、筋金入りの麻薬密輸機関なのである。

統率協会成立当初に、日本の旧軍の麻薬密輸組織の長であった小玉義男や笹河亮一の指導を受けて、麻薬事業に着手している経緯がある。麻薬事業のパートナーも、父プッシュとCJA、イスラエルのジャロンといった、錚々たる世界の裏社会の帝王たちである。

そもそも統率協会の潤沢な原資の源は、麻薬なのである。その麻薬利潤が、日本の反共連合系の議員にばら撒かれ、日本の政治が行われている。日本の政治は、朝鮮人の麻薬密輸業者が管理しているということだ。

朝鮮人の宗教ヤクザの提供する金と宗教奴隷信者の下半身奉仕が、日本の政治の方向を決めるのである。

日本政府がプッシュ政権に加担し、国民の反対を押し切ってイラクに派兵したのも、無理もない。在日宗教の下半身サービスの賜物である。コスプレサービスもあるらしいが、詳しくは宗教サービスの愛好者の民自党元幹事長がよくご存知だろう。

統率協会は、オヲム事件以降も、日本の麻薬業界を支配している。日本で最もよく消費される麻薬は、覚醒剤であるが、その六割以上が北朝鮮から密輸される。密輸の主体は、オヲム・統率・層和とも関係の深い山朽組系権藤組であり、権藤組は、当然ながら、二大在日宗教が日本に持つ影響力を最大限に生かして、麻薬商売を維持しているのだ。

統率協会は、北朝鮮のピョンヤンに数千人の信者を常駐させているが、一説にはこれらの信者自身が、覚醒剤の製造に従事しているのではないかという。

警察や司法にも強い支配力を有する二大在日宗教は、摘発を恐れることなく、自由に麻薬の流通に携わることができる。むしろ、警察内部のカルトが摘発情報を逐一流してくれる。捕まるわけがない。

覚醒剤事案では、「背後の密輸組織の解明が急がれる」と必ず報道される。だが、ただの一度も、背後の組織が解明されたためしはない。当たり前だ。警察には、背後の組織が陣取っているのだから。

しかも、宗教非課税という特権が、麻薬のマネーロンダリングに最適の環境を提供する。宗教団体の経理の中身は、誰にも触れない。だから、そこに汚い金が集まる。麻薬資金も一旦、田池太作や渋谷の統率協会本部に集まり、そこから、サンパウロやニューヨークに「よい投資先を探して」送金されるのである。

覚醒剤で摘発される例は確かにある。だが、捕まるのは本命の連中ではない。麻薬事業に新規参入してきた、非主流のヤクザ連中が捕まる。主流の既存の大手業者が、警察内部の在日カルト勢力を動かして、摘発させるのである。

大手業者は、供給を独占して、市場全体を押さえたい。新参者が勝手に参入してきて、投げ売りし、覚醒剤の市場価格を下げるのは、営業妨害のようなものである。だから、警察を使って、摘発させるのだ。社会の各単位を横断して繋がりを持つカルト組織は、犯罪者にとって、利用しないではいられない便利な犯行システムなのだ。

カルト組織は、檜垣登志子にも薬物を手渡した。

登志子の恐れている犯罪発覚防止の対策として、さらには保険金殺人の手段として、薬物を使うよう指導してきたのである。

殺された東松山の左藤同様に、近い将来、殺害して保険金に換える目的で、生命保険まみれにしている社員が、ほかにも何人かいる。そのターゲット社員や、高梠のように不正に気づく恐れのある従業員を狙って、薬物を飲ませる。毎日、お茶に混ぜて少しずつ摂取させる。それでショック死か事故でも起こして死んでくれれば、会社に保険金が入る。

時期を見計らって、薬の量を一気に増やし、歌手の小崎ユタカのように、ある程度計画的に突然死させることも可能である。

さらに、万が一不正に気づいて告発を始めたとしても、警察に「薬物中毒」で検挙させ、口を封じることもできる。実際、同じ裏組織の仕事で、消されたジャーナリストも五人や十人ではないらしい。裏社会の追及に動いていた、煩い新聞記者が、時々この手で、社会的生命を奪われている例もいくらもある。突然死させられた新聞記者もいる。

登志子の組織でも、社員の自家用車の吸気孔に毒ガスの発生装置を仕掛けるなどといった手のこんだ手口も使ったことがある。運転中に中毒で事故を起こさせようとしたのである。失敗はしたが。

運転者は、乗車後、目の前がちらつき、視界が揺らめくのを感じた。窓を全部開け、大きく深呼吸した。不快感はしばらく続いたが、なんとか、運転は続けられたのだ。

幸運にも、登志子らの仕掛けた薬物は、乗車時点でほとんど揮発し、致死性を失っていたのである。ターゲットがいつ、車に乗り込むか、計算を間違えたのだ。

車に毒ガス装置を仕掛けるこの試みは、過去になんどか成功したことのある、組織の常套手段であった。

本人の知らないうちに、ダミー会社の社長に祭り上げられた、ある中年男性は、ダミー会社が受取人になった多額の会社保険を掛けられた上で、自慢の四輪駆動車のエンジンルームに毒ガスの発生装置を仕掛けられた。ガスを吸った男性は、意識を失いガードレールに車をこすって、横浜の公道の真ん中に立ち往生した。

その様子を逐一見守っていた裏組織のチームは、警察署のカルト警官を出動させ、車を歩道近くに移動しただけで、男性を放置して立ち去らせた。その際、ボンネットを開けて、毒ガスの入っていたポリ袋を取り除くのを忘れなかった。

現場に駆けつけた警官たちは、男性が致死量の毒ガスを吸引していることを知っていた。放置して、死んでもらうのがカルト警官たちの仕事だったのだ。そして、男性は予定通り、翌朝、保土ヶ谷の道路上で死体で発見されたのだ。

後は、いつもの通り、裏社会御用達監察医のご登場である。センセイが、解剖したことに偽り、心筋梗塞と断定して一件落着のはずであった。これで、保険会社から、会社保険が支払われれば、組織の仕事は終わりのはずだった。

だが、保土ヶ谷のケースはそうはいかなかった。家族が騒ぎ出したのである。家族は、男性を収容せずに放置した警察を責めた。さらに、解剖を日常的に手伝っていた葬儀屋が、解剖死体ではなかったと言い出した。解剖した人体は、臓器が取り除かれているから軽い。すぐにわかる。

警察は動揺した。嘘の死体検案書を書いた裏社会御用達の監察医も青い顔になった。

この事件は、遺族の手で民事訴訟が起こされ、監察医が、解剖した証拠・心筋梗塞の証拠として提出した心臓の検体が、他人のものでしかも女性のものとわかり、大問題となっている。監察医は、例によって、オヲム事件の坂木弁護士の検視を担当し、死因を偽った、あのいわくつきの人物である。

さて、この薬物の混入の仕事を引き受けさせたのは、檜垣登志子の直属の部下の若手O

Lであった。彼女は当初、抵抗した。だが、登志子から脅され、反対給付を提示され、沈黙した。彼女の就職を斡旋してくれた会社の幹部も、彼女を懐柔するために乗り出した。かくして、毎日、薬物を日本茶に混ぜる作業をいやいやながら強要される日々が続いたのである。

そして、危惧した事態がついに起きてしまった。経理の不正を激しく追及する人物が現れたのである。

その男Kは、加東の会社の海外営業を担当する人物だった。年間の半分以上も海外出張に出ている、営業社員の中でも一番、仮払いの頻繁な人物である。

欲深い登志子は、当然、Kに目をつけた。数十万円ほどは、Kの経費からくすねることができた。だが、高梠の一件の発覚以来、登志子は、不正が露見することをひどく恐れていた。カルト組織から指示されたいくつかの方法で、Kを陥れようと画策した。

Kの直属の上司は、仲村と首藤である。二人を使って、どうやって、Kを陥れるか？

登志子の仮払い不正がばれて騒ぎ出す前に、Kの弱みを握っておかねばならない。

Kに経理上の明らかな不正行為を働いてもらえば、それをネタに告発を封じ込めることができる。Kの経理不正を誘発する作業を二人に担ってもらわねば。

首藤と仲村は、登志子に呼ばれ、渋々、その裏仕事を承諾した。

首藤は、Kを何度かそそのかしてみた。

「海外出張で、航空券をよくつかうだろうけど、安いチケットで行ったとしても正規料金で買ったことにしてもいいんだぞ。そのくらいは、営業担当の裁量の範囲だ」

だが、Kは何か胡散臭さを感じた。わざわざ、それだけを二度三度と伝えに来る営業次長・首藤の意図に不純なものを感じたのだ。

中国往復の正規運賃十八万円の航空券は、五万円で買える場合もある。月に三回は海外出張するKにとって、毎月、三十九万の小遣いが入ることになる。だが、Kは勿論、首藤の口車には乗らない。五万円のものは五万円で請求する。これでは、登志子は「経理不正」の証拠など作りようがない。

どうしてもうまくいかない。薬物も使ってはみたが、Kは倒れてくれない。

そして、ついに犯罪露見の日が来てしまった。

突如、不正を糾弾しはじめたKの扱いに、登志子も加東も困り果てた。会長に退いた加東から、社長職を譲られていた「一億五千万円積算間違い」担当の新社長・甲野も焦った。

Kを黙らせるための作戦が、「裏仕事部隊」によって緊急に発動された。登志子と側近の女性経理社員・村中は、Kを小会議室に呼んだ。Kが不正を指摘している「仮払い」について説明すると誘ったのだ。だが、実際は、小会議室で、Kのちょっとした経費請求の過ちを大げさに「不正」だと決め付けて指摘し、黙らせた上で「反対給付・裏給与」を提案して、「裏仕事仲間」に勧誘する手はずだった。

煩い奴は一旦、犯罪仲間に引き込んでから〝処置〟するのが、裏社会のやり方なのだ。Kの机の引き出しにしまってあった海外の女からの手紙のコピーもとってあった。その英文の手紙が、脅迫に使えるかどうかは、登志子自身にはよく解らなかった。英語学校は出たものの、英語はとっくに忘れていた。だが、カルト組織の高学歴の信者に見てもらったら、「使えるかもしれない」「Kに後ろめたい部分があれば、反応するはずだ」とのことだった。

満を持して、Kに対峙したが、Kはつれなく断った。「そんなの後で説明聞くよ。いいよ、後で」

Kは登志子の用意した偽の仮払い資料をひったくった。

村中は、Kと一対一で話をする機会があった。Kは、年上の村中に諭すように言った。

「村中さん、汚い手口で金儲けなんかしても、ヘンな宗教に吸い取られるのが関の山だよ」

村中は驚愕した。Kは、何もかも知っているのだろうか？

郵便はがき

50円切手を
貼ってください

171-0014

東京都豊島区池袋2-61-8 602号

リチャード・コシミズ事務所 行

ふりがな お名前(必須)	性別 男・女
ご住所(必須) 〒 -	
電話番号(必須) ー ー	
e-mail @	
通信欄(ご要望などがございましたら、ご記入ください)	

リチャード・コシミズ 自費出版書
申し込みハガキ

代金は商品到着後、同封の郵便振替の払込取扱票にお名前とご住所を記入し、郵便局の窓口またはＡＴＭからご送金ください

第1作	911自作自演テロとオウム事件の真相	1890円(税5%込)	部
第2作	世界の闇を語る父と子の会話集	1790円(税5%込)	部
第3作	続・世界の闇を語る父と子の会話集	1990円(税5%込)	部
第4作	第3集・世界の闇を語る父と子の会話集	1980円(税5%込)	部
第5作	小説「911」	2058円(税5%込)	部
第6作	2012年アセンションはやって来ない	2120円(税5%込)	部
第7作	3.11同時多発人工地震テロ	2012円(税5%込)	部
第8作	リチャード・コシミズの新しい歴史教科書	2090円(税5%込)	部
第9作	日本独立宣言(世界の闇を語る父と子の会話集特別編)	2013円(税5%込)	部
第10作	12・16 不正選挙	1764円(税5%込)	部
最新作	リチャード・コシミズの未来の歴史教科書	1995円(税5%込)	部

合計部数 ＿＿＿ 部

◉第7作
2011年4月刊

3.11同時多発人工地震テロ

2012円
(税5%込)

2011年3月11日の東日本大地震は、日本海溝辺りの海底で核爆発を3連続させて起こさせた地震テロであった。黒幕は911自作自演テロおよびオウム事件の黒幕と同一である。その目的は、極東アジアに騒乱を惹起し戦争状態を創出することであり、彼らの目論む「世界最終戦争」を実現することである。

◉第8作
2012年8月刊

リチャード・コシミズの新しい歴史教科書

2090円
(税5%込)

中学校、高等学校の歴史の授業は退屈でいつも眠気を覚えていました。面白くなく興味も持てませんでした。なぜか? 真実が教えられていないからです。人間は本能的に無価値なものに惹かれないようにできているのです。学校の歴史教科書では決して学べない「真実の歴史」を本書で知ってください。真実は読者を惹きつけ魅了してやみません。

◉第9作
2012年12月刊

日本独立宣言(世界の闇を語る父と子の会話集特別編)

2013円
(税5%込)

米国は中国との大戦争を起こせない限り戦争経済による世界的ハイパーインフレを惹起できない。日中戦争を阻止することにより、米国は破綻し、ドルは基軸通貨の座を失い日本も国家デフォルトに近い疲弊を被る。だが、ゼロからやり直すのは日本人の得意分野だ。さあ、日中戦争を止めよう。そして破綻の後の再生に備えよう。

◉第10作
2013年1月刊

12・16 不正選挙

1764円
(税5%込)

米国により日本の裏社会は、未来の党の票1000万以上を闇に葬り殆ど得票の無かった自民公明を政権の座に返り咲かせた。今、我々は12・16不正選挙を暴き、裏社会の目論見を粉砕すべく動き出した。

◉最新作
2013年12月刊

リチャード・コシミズの未来の歴史教科書

1995円
(税5%込)

今を生きる我々に必要なのは現代を知ることです。開国前からユダヤ勢力に搾取され、以来長きにわたり国富を奪われ続けている日本。幕末の日本と米国南北戦争が黒幕の存在により繋がっていく。他、現代社会の闇にするどくメスを入れる。現在進行形の不正選挙問題に至るまでリチャード節が炸裂(成甲書房刊)。

リチャード・コシミズ独立党
http://dokuritsutou.heteml.jp/
リチャード・コシミズ・ブログ
http://richardkoshimizu.at.webry.info/

リチャード・コシミズ著作のご案内

◉第1作 2006年12月刊 **911自作自演テロとオウム事件の真相** 1890円（税5%込）

本書では社会の「タブー」と言われる部分に遠慮なくメスを入れています。既存のメディアが目をそらすタブーは犯罪や謀略の温床になっています。タブーすなわちユダヤ、在日、部落、ヤクザ、右翼、カルトこそが日本の抱える諸問題の隠れた生産拠点です。不特定多数の人が真実を知ることで社会は変わります。

◉第2作 2007年4月刊 **世界の闇を語る父と子の会話集** 1790円（税5%込）

難解でとっつきにくい政治経済問題を、誰もが苦痛を感じずに理解をすすめられる情報媒体が必要であると考え、911自作自演テロやオウム事件の嘘や北朝鮮の裏事情まで全て評論しています。「真実への入門書」として書かれ、読者諸氏に真実の見分け方を学んでいただくのが目的の本です。

◉第3作 2008年3月刊 **続・世界の闇を語る父と子の会話集** 1990円（税5%込）

『世界の闇を語る父と子の会話集』の続編です。ウォール街権力の対日経済侵略、国内政治の裏読み、半日・半島系カルトの闇、911内部犯行をめぐるその後、中国の脅威、北朝鮮の暗躍の各トピックに分けて、評論しています。

◉第4作 2008年5月刊 **第3集・世界の闇を語る父と子の会話集** 1980円（税5%込）

「世界の闇を語る父と子の会話集」シリーズの第3篇です。「特別編」として、「小説・魔界」を巻末に収録しました。

◉第5作 2009年3月刊 **小説「911」** 2058円（税5%込）

2001年9月11日朝、ニューヨークの大手電機会社本社の56階に参集した紳士たちは、旅客機が「予定通り」WTC ビルの中層階に突入し、しばらくしてビル3棟が小型純粋水爆によって倒壊するのを見届けた後、各自、自分の責任範囲を遂行するために散って行った。

◉第6作 2010年8月刊 **2012年　アセンションはやって来ない** 2120円（税5%込）

オウム事件、911自作自演テロ……追い詰められたウォール街の暗黒勢力の最後の謀略は、2012年末に敢行されんとしていた。だが、アセンションの名を借りた金融テロ、それに続く地球規模の純粋水爆テロを阻止したのは、極東の島国の名もなき市井の人々だったのだ。

「今なら、まだ間に合うよ。ヘンな連中の組織から抜け出るべきだよ」

そう言ったKは、村中の手を、そっと両手で包んだ。村中は、その手から、温かい、心地よい刺激が、自分の全身に広がっていくのを感じた。体全体が温かくなる。

なんだろう？　この人は。

なにか、不思議な力を感じた。

「あの人には、なにか特別な力が備わっているのだろうか？」

そんな感想を、裏仕事グループに漏らした村中は、一斉に失笑の対象となった。「そんな馬鹿なことがあるわけないじゃない」「黒幕の宗教のことなんか、知ってるわけないでしょ」

登志子は、村中の小心をせせら笑った。だが、Kをこの時にしっかり始末しておかなかったことが、裏仕事グループ、カルト宗教、そして、さらに背後の巨大暗黒組織に致命的なダメージを与えることになろうとは、誰ひとり、夢想だにしなかったのである。

Kは、勿論、檜垣登志子のグループの背後関係など知りはしなかった。登志子と数人の幹部の個人的経理犯罪であると思っていた。そして、その時点では、加東という企業グループ総帥への崇拝を失ってはいなかった。

加東は、自分がまだKに信頼されていることを知っていた。背後のカルト組織は、そこのところを利用して、Kを抹殺しようと提案する。

加東は動いた。Kが自主退社をするという。その前に最後に話をしようと、加東が持ちかけた。会議室で、加東はKに提案を持ちかけた。

「君も会社を辞めたら生活に困るだろう。いい方法があるから教えてあげるよ。医師の診断書があれば、健康保険組合から傷病手当金が出るんだよ」

加東は前日にカルト組織と打ち合わせたとおりのシナリオで話を進める。

Kは、どこも悪くないので受給資格がないと答えた。

「そこのところは、何とでもなるんだ。例えば、精神疾患だったら問診だけで診断書を出してくれる。私の知っているこの病院の医者が、便宜を図ってくれるから、行ってみたらどうかな？」

加東は、用意していた世田谷の病院の資料を提示した。Kは、黙って病院の資料を眺めた。加東は、魂胆を見破られそうな恐怖を抱いた。

「いや、別にこの病院でなくても構わない。君の知っている病院でもいいんだ。それに、この病院が診断書を出すんじゃなくって、ここから別のところを紹介してくれるんだよ」

さっきとは話が違ってきた。加東は「この病院じゃなくてもいい……」と伏し目がちに繰り返した。

語尾に力がない。Kは、加東の不思議な動揺を見逃さなかった。

カルト組織は、Kに謀略を悟られることを恐れたのだ。だから、加東に少しでも勘ぐられそうになったら、話を引っ込めろと指示していたのである。加東は、あまりに過敏に対応しすぎた。そして、余計にKに不審を抱かせる結果を招いてしまったのである。

Kは、高校時代の友人が医者だからそちらで相談すると答えた。

カルト組織には、煩い人物・告発者を安全に処分するネットワークがある。Kが裏事情も知らずに加東の指定する病院に行けば、カルト組織の医師の手で、薬物を使って「改造される」ことになる。犯罪の追及などに興味を持たない「温和」な性格に作り変えてくれるのだろう。もっと危急の事態となれば、場合によっては、精神病棟に放り込んで口を封じてしまう手もある。そこまでしなくても、「精神科に通院した」という事実だけでも残すことができれば、大きな収穫だ。Kが不正を暴き、騒ぎ立てたとしても「通院歴のある精神病患者の戯言だ」と一蹴することができるのだ。

加東の背後のカルトはそこまで綿密に計画して、加東に一芝居打たせた。そして、見事に失敗した。Kは、その病院に現れなかったのである。

この会話の後、加東はKを最寄りのレストランに誘った。加東とふたりでレストランに向かう坂道を登って行くと、行く手を遮った男がいた。加東の次男で、Kの同僚の営業部員だった。次男は、加東をものすごい形相で睨めつけ、肩を怒らして無言のまま立ちはだかった。加東に強烈な抗議を意思表示したのだ。

加東は舌打ちをした。Kは、後日、加東が経理犯罪の首謀者であると判ったとき、病院紹介の意図がなんであったか、おぼろげに解ってきた。そして、加東の次男が、親父の犯罪の概要を知っているだろうことも。

Kにも失敗したことが実はあった。檜垣登志子の不正を暴くために一芝居打ったのだが。退社の直前に、登志子と村中を小会議室に呼び、今まで世話になったお礼として、プレゼントを用意したと二人に伝えた。

「まあ、いろいろありましたが、お二人にはお世話になりましたんで、お礼の品を用意しました。あれ、ごめん。そのプレゼントを忘れた。取りに行ってきます」

そう言って、Kは席を立っていった。

不思議な沈黙が、登志子と村中の間に発生した。たまらなくなって、村中が口を開いた。

「ねぇ、あの人、プレゼントなんていってるけど、ホントは……」

登志子が形相を変えて、人差し指を口の前に立てた。村中は、何がなんだかわからず、登志子の顔を見る。登志子が、小会議室のロッカーの上を指差す。ビデオカメラの赤いランプが光っていた。Kは、最後にKが席をはずしている間の登志子と村中の「秘密の会話」を録音しようとしたのである。過去に同様の手法で、面白い情報を入手したこともあったからだ。

だが、もっとはっきりした当事者の言動をしっかり掴みたかった。しかし、その日は、登志子のほうが一枚上手だった。登志子は、目ざとく、ビデオカメラを見つけ、不用意な発言が記録されるのを予防したのである。

さすが、プロの犯罪者である。本来ならば、「あの人、組織の方で処分してくれるっていうけど、うまくいくかしら？」といった会話が録音されていたであろうに。

組織の焦り

Kは、とにかく加東の会社を去っていった。社内では、Kの「ご乱心」という宣伝が効果を生み、社員の誰もが、真実には気がついていなかった。

檜垣登志子は、厄介者がいなくなって、ほっとした。加東も、とりあえずは、安心した。だが、組織は、Kの動向に注意を払っている。下手に放置すると、組織の秘密の漏洩に繋がるようなことをやりかねない。どこか、組織の目の届くところに置いておきたい。どうするか?

カルト組織の舎弟企業群の中に、過去にKが出入りしていた商社があった。その商社の専務とKは、台湾に一緒に出張したこともあるという。

カルト組織は、銀座にあるその専門商社・アークテックの専務、堅山登志男に連絡をとった。アークテックには、カルト組織の経理専門家を送り込み、既に宗教舎弟企業として支配下においていたのだ。

堅山は、人一倍見栄を張る俗物である。組織の中で、ランクアップしたい強い願望を持っていた。そこで、点数を稼ぐために、カルト組織から、要望され、Kを監視下に置く目的で、雇用することに応じたのである。

堅山は、加東の会社を辞めて二週間ほどぶらぶらしていたKの自宅に電話をした。

「いや、電話したら退職したと聞いて、びっくりしましたよ。一度飯でも食いに来ませんか？」

Kは銀座に呼び出された。一九九五年十月、Kは、アークテックの国際部次長の席を用意され、毎日、銀座一丁目に出勤するようになったのである。

アークテックの社長室長・中ノ島は、Kを迎え入れたことに大きな危機感を感じていた。もろもろの犯罪行為を毎日遂行しているカルト構成員の中ノ島は、Kに不正を見破られるのを恐れたのである。Kの過去の「恐ろしさ」も、加東の会社を担当している在日カルト仲間から報告を受けている。危険すぎる。堅山にKの雇用を撤回するように迫った。

だが、一旦、裏組織に引き受けを承諾してしまった堅山は、ここだけは譲らない。どうしても、「評価されたい」一心なのである。虚栄心のかたまりなのである。中ノ島も説得を諦めた。

時間が、何ごともなく経過する。Kは、とくに不穏な動きも見せず、仕事に励んでいる。

どうやら、杞憂だったようだ。聞いているようなアブナい男じゃあないじゃないか。大丈夫だ。酒を飲んで話しても面白いし、前の会社の不祥事のことにも全然触れないし。中ノ島は安堵した。そして、本業である犯罪に取り掛かったのである。

三人死んだ

それから四年ほどの間にアークテックの役員・社員が三人、病死した。

当時の社長の新木寿子、関連会社社長の堅山駿三郎、アークテック課長の那珂川宅明の順であった。

Kは、一人目の新木寿子のときは、あまり疑問には感じなかった。年齢からいって、不思議ではなかった。だが二人目になって、どうも裏があるように感じた。しかし、まさか堅山が、自分の父親を、金のために殺すとは思わなかった。三人目に至って、犯罪の影を口に出す社員が数人出てきた。Kもその一人だった。三件には共通する点がある。

死亡事案の一カ月ほど前から、日頃、接触のない複数の人物から、特定の会社幹部（同一メンバー）に頻繁に電話連絡がある。死亡と同時に、これらの電話が一切なくなる。

三件の入院・葬儀などの手配に奔走するのが、常に同じメンバー（アークテック社長室長の中ノ島光一、中ノ島の配下の営業次長の原野信夫、営業部長の岸田洋一、そして専務の堅山登志男）であり、しかも実に手際がよい。事前に計画したとおり進行させているように見える。メンバー以外の一般社員には、告別式段階まで一切手を出させない。

また、堅山と中ノ島との密室（社長室）での打ち合せが連日数時間に及んでから、それぞれの死亡事件が起きた。堅山は、非常に小心者であり、簡単に犯罪に手を染める男ではない。絶対に発覚しないという確信を持たないと、合意しない。中ノ島は、堅山を納得させ、説得するために多大な時間を使ったのであろう。

それ以外にも、不可思議なことはたくさんあった。

「トラサキ」と名乗る男性から、中ノ島の不在時に電話があり、「この電話は、羽村ですか？　銀座ですか？」と聞かれた一般社員がいる。

アークテックには、銀座と大阪、埼玉の蕨以外に事業所はない。何らかの目的のために、羽村に一般社員の知らない隠し事務所を設けていた可能性がある。

考えられるのは、複数の保険の加入業務を行うダミー事務所、もしくは脱税拠点だ。じつは、その事務所こそが、加東の会社の保険金殺人にも関与した、オヲム逃亡者たちのアジトだったのである。加東の会社と堅山の会社は、同じ、裏組織に保険金殺人を依頼していたのだ。

一人目

一人目の新木寿子の死亡の際、堅山夫妻はちょうど結婚何十周年かの記念のヨーロッパ旅行に出かけたところだった。現地に到着したところで、訃報を知り、とんぼ返りして、通夜に間に合った。中ノ島による帰りの航空券の手配など、手際のよさが際立った。

堅山は極めて小心な男である。新木社長殺害の計画に同意する条件として、自分のアリバイを確実にしておきたかったのだ。中ノ島が、そこまで手配してやらないと、堅山は計画の実行に同意しなかったのである。

事件後、岸田以外のメンバーは、それぞれ昇進した。犯罪での論功行賞である。

アークテックでは、創業社長が病死した後も、先代の未亡人・新木寿子が名目上の社長の座に座っていた。堅山の義理の母親にあたる人物だ。この老女が存命である限りは、堅山は社長を名乗ることができない。虚栄心のかたまりの堅山にとっては、耐えられない事態である。おまけに、日本人女性の寿命はどんどん長くなっている。新木がいつまで生きているかわからない。

あの女が死ぬまで、自分は専務のままなのか？　どっちが先に死ぬかわからない。堅山は焦る。

中ノ島の持ち込んだ新木寿子殺害計画は完璧だった。おまけに堅山には、ヨーロッパ旅行中というアリバイが設けてある。名前だけでも企業経営者である以上、新木寿子に多額の保険金を掛けても疑われることはまずない。それに保険金の受取人は、義理とはいえ息子だ。だが、警察が薬物による殺人と気づいたらどうするんだ？　堅山の心配はその点に集中する。

中ノ島は、堅山の不安を取り除くために、一つひとつ懇切丁寧に説明していく。保険会社は、警察が「自然死」「事件性はない」と判断した死亡事案については、原則的に保険金の支払いを行う。つまり、警察のお墨付きがあれば、保険会社から疑われることはない。

中ノ島の属するカルト組織は、警察内部にもネットワークを持っている。「自然死」「事件性なし」の判定を警察にしてもらうことができるというのだ。まさか、そこまで、日本の警察は汚れているのだろうか？　堅山は俄かには信じられなかった。

中ノ島は、具体的な人名を挙げて説明を始める。神奈川県警には、三人の監察医がいる。東京都には百人はいるというのに、なぜ、神奈川はたったの三人なのか？

三人で実際の検視・解剖をこなすのは、物理的に不可能である。つまり、検視したことにして、嘘の死体検案書を乱発してきた監察医がいるのだ。神奈川県警も裏社会の便宜を図るために、あえて、三人体制を変えようとしないのだ。

中ノ島は声をひそめて、堅山に解説した。

「実は、オヲム事件の坂木弁護士の本当の死因は、絞殺じゃないんですよ。後頭部を鈍器で……」

「それを、絞殺だと偽って、監察してくれた先生がいるんです。その先生が今回も、うちの仕事にも便宜を図ってくれます」

裏社会の要請に応じて、死体検案書を好きなように書いてくれる監察医。殺人死体を自然死と認定してくれる。そんな監察医がいる。

これなら、大丈夫だ。薬殺しようと何をしようと、解剖したことに偽って、「事件性なし」とお墨付きをつけてくれる。後は、数百万お礼をすれば済む話だ。安いものだ。警察内部のカルト信者に一括して礼金を渡せば、後は、彼らの中で分配してくれるのだ。伊東監察医の存在が、堅山の恐怖心を吹き飛ばしたのである。そして、埼玉県警にも警視庁にも、同じ筋の裏社会御用達監察医がいるのだ。

中ノ島の計画は、ついに堅山の同意を得て、発動された。結果、義理の母は骸（むくろ）となった。

堅山は晴れて、代表取締役社長の座に就いた。夢にまで見た「社長の名刺」に小躍りした。今まで使っていた机も百万円を超える高級品に買い換えた。血の繋がっていない義理の母親の命は、高く売れた。保険金は億単位で入ったし、経営権も完全に掌握した。中ノ島にも原野にも分厚い特別ボーナスの袋が渡されたのである。

よくやってくれた。背後の組織にも大金が入る。誰もが頬を緩ませる。

二人目

確かに金は入ったが、ひどく精神の疲れる仕事だった。もう二度とやりたくはない。当面、金も地位も手に入ったから、これ以上は望まない。早く忘れたい。

それが、堅山の率直な感情だった。

少し、静かに日々を送りたい。しかし、これで終わりではなかった。終わらせてはくれなかった。背後の組織は、一度成功すれば、二度三度と繰り返して儲けたい。一度、裏社会の仕事に引っ張り込んだ相手は、利用できる限り利用する。

新木寿子の事案から一年もすると、堅山には組織から「もう一度やれ」と圧力が掛かってくる。だが、今度は、誰をターゲットにしろというのか？

アークテックには、もうひとつ別の会社が間借りしている。堅山の実の父親が社長を務める堅山アソシエーツである。年商二億円程度の一人商社だ。

九十歳を超えた堅山の父親は、毎日元気に出社してくる。実際の仕事は、アークテックで雇用している女子社員が一人でこなしている。堅山も年に数回は、この会社のために中国に出張し、仕事を取ってくる。だから、老社長には、週刊誌のグラビア・ヌードを眺めるくらいしか仕事はない。

組織は、この老社長を「カネに換えろ」と指令してくる。堅山の実父である。躊躇する。中ノ島の説得工作が延々と続く。老社長の財産は、中ノ島が把握している。老社長を殺害して、財産を根こそぎ盗み取ってしまう算段は、中ノ島が上手に考案してくれる。老社長に思わぬ借金があったことを装い、財産と相殺したと偽る。残った財産を息子たちで「平等」に分ければ、ほかの兄弟からは文句は出ない。だが、実際には、堅山登志男が、その大半を手にする。こんなおいしい話はない。

堅山は、中ノ島の完璧な計画に心を動かされた。

そんな頃、老社長が階段で転んで、腰を痛めて出社できなくなった。ほとんど寝たきりの状態になった。九十歳だ。面倒を見る兄貴の奥さんに負担が掛かる。そのうち、堅山の家庭でも面倒を見ろと言ってくるかもしれない。日本の医療は老人の延命に驚異的な成果を生んでいる。いつまで、生きながらえるかわからない。この先、どうせ寝たきりの親父の命を、早いところ金に換えたほうが、誰もが喜ぶ。

そう自分を納得させた堅山は、中ノ島に老社長殺害計画承諾を伝えた。

老社長は、年末になって急に発病し、何日か寝込んだ後に亡くなった。

いつものメンバーが動員され、いつもの手法で手際よく作業が進んだ。

堅山は、父親の会社の社長も兼任することになった。そして、父親が大手の時計会社の役員時代から築いてきた財産の大半は、中ノ島の手で、ほかの兄弟の目から隠蔽され、堅山の資産に繰り込まれた。中ノ島らの夏のボーナスの袋は、十センチもありそうな厚みで膨らんでいた。

しばらくの間、平穏が続く。二人の老人が死んだことは、一年もしないうちに誰もの記憶から消えていった。会社の業績は良い。なにも心配はない。だが、欲にまみれた連中は、いくらでも欲をかく。二つの事件で活躍した中ノ島、原野、岸田の三人組は、早くも次の犯行を準備していた。

三人目

営業部の古株の課長、那珂川は、中ノ島のグループに加わっていない一匹狼である。狼というよりも、あまり風采の上がらない野良犬といったところだろうか。

アークテックには、一部資本関係のある提携先の印刷工場がある。アークテックが受注した仕事を、印刷会社に下請けに出す。創業社長の愛人だった元専務の一族が経営する会社だ。

この工場は、外部からやってきた工場長一人が全てを仕切っていた。その元専務の弟が、印刷会社の名目上の社長職にあったが、経理も技術も営業もわからない。工場長のやりたい放題である。

その工場長は、中ノ島たちとつるんでいた。アークテックへの下請け代金の請求を水増しさせ、二重帳簿にして、差額を取り込んでいたのである。勿論、中ノ島のノウハウで始めた不正である。月間数億の外注費であるから、裏金も馬鹿にできない金額になる。工場長、中ノ島グループが、この裏金を分け合い、甘い汁を吸っていた。

中ノ島は、あえて、この不正行為に堅山をも加担させ、堅山にも裏金を渡していた。文句を言わせないためである。もっとも、金額は半分ほどに減らして報告していたが。

その不正に、那珂川が気がついた。気がついたが、沈黙して行動を起こそうとはしない。この利権を横取りしようと画策しているのだろうか？　それほどの度胸と知恵が、あるだろうか？　だが、油断はならない。放置はできない。

中ノ島は、随分前から那珂川の女房を知っていた。化粧の濃い、派手好きな女だった。那珂川との遅い結婚の前にも、いろいろと色恋沙汰があったことも漏れ聞いている。

中ノ島は、那珂川の女房を利用して、那珂川を金に換え、同時に口を封じる計画を発動した。実に頭の良く働く犯罪者である。中ノ島は、偶然を装い、那珂川夫人の勤め先近くで、那珂川の夫人と会う機会を作った。那珂川夫人は、久しぶりの邂逅に喜んだ。それから、中ノ島の中年女攻略作戦が開始された。

既に殺して金に換えた老社長の、部下だった三十代前半の女子社員が、中ノ島の愛人である。顔は浅黒く、お世辞にもきれいとはいえないが、胸が著しく巨大であった。中ノ島は、その巨大な乳を持った女を相手に、週に一度、性技の習得にはげんできた。そのベッド上の技術は、那珂川の夫人相手に駆使された。那珂川夫人は、中ノ島の右手の中指の虜になった。

中ノ島と一緒にいれば、いつも高級なレストランに行ける。一杯飲む店も、格が全然違う。そんな喜びも味あわせてくれる。何度同衾しただろうか？

ある日、真昼間のラブホテルの一室で、中ノ島が切り出した。「カネ欲しくないか？　家のローンで苦しいんだろ？」

中ノ島は、那珂川夫人の少し垂れ気味の乳房を弄(いじ)りながら、ささやく。那珂川夫人は、ねっとりとした目線で、中ノ島に応える。「どうしたらいいの？」

旦那が死ねば、家のローンは支払わなくてもよくなる。自動的に、夫人のものになる。残っている二千万のローンがちゃらになり、しかも、自宅は自分のものになる。旦那とは、最初から、愛も恋もない。知り合いの紹介で、成り行き上、結婚しただけだ。

中ノ島の計画する保険金詐欺では、夫人にも数千万の現金が手に入る。夫人が保険金の受取人だから、警察や保険会社に疑われる恐れもない。おまけに、保険料は、中ノ島が全部出してくれる。

保険金殺人の過去の成功例を聞かされ、警察や保険会社にも、カルト犯罪を帮助するネットワークが形成されていることを知った那珂川夫人は、中ノ島の少し硬くなり始めた生殖器にほお擦りして、少しばかり喉をならして、「やりましょ」と言った。

一九九九年一月六日、大事な取引先の新年賀詞交換会に出席するために、堅山、中ノ島、原野、岸田、そして那珂川の五人だけが、その朝出社していた。ほかの一般社員は、次の日が仕事始めだと伝えられていた。

正月の事務所で、朝から、酒が振る舞われる。みな、陽気に酒を酌み交わす。原野がなにやら、水割りを作ってくる。

「那珂川さん、正月なんだから、一杯いきましょうよ。え、俺の酒飲めないって？」

あまり酒の強くない那珂川は苦笑して、原野の作った水割りを半分くらい飲み干した。なにか、普通のウイスキーとは違う味がしたような気がしたが。

那珂川は、賀詞交換会に向かうさなかに、気分が悪くなって倒れた。翌日、出社したKたち一般社員は、会社が騒然としているのに驚いた。「那珂川さん、昨日倒れたんだって」

那珂川を嵌めるために、一般社員よりも一日早い、「犯行グループ」と那珂川だけの仕事始めが仕組まれた。一般社員は、普段の年よりも一日長い正月休みを貰って、無邪気に喜んだ。

犯行グループが、正月休みの間にじっくりと準備してきた段取りどおりで、「那珂川の命を換金する」作戦は、滞りなく進行していく。

予定通りの病院に、予めチャーターしておいたハイヤーで、予定通りの時間で那珂川を運び込む。予定通りのカルト信者のドクターが、待ち受けていて、集中治療室に運び込む。後は、警察の詮索を受けないために、一週間ほど、殺さないで生かしておく算段だ。

一週間ほどして、中ノ島がKに余計な報告をしに近寄ってきた。「那珂川さん、もう駄目らしいんですよ。あと何日かで……」

「え、それ、医者が引導渡すっていう意味ですか？」

Kに聞かれてびくっとした中ノ島は、答えを濁し、うやむやにその場を立ち去った。

その日は、すぐにやってきた。夕方六時、中ノ島グループの三人が、那珂川の見舞いに病院を訪れるという。なにか、よそよそしい、気負った雰囲気の三人に、堅山が、「よろしく頼む」と声を掛けた。語尾が震えていた。

三人は、堅山の声に反応せず、振り向きもせずに事務所を出て行った。アークテックの社内で、明確な権力バランスの変化があったのだ。

裏社会の面々にとっては、「ヤバイ仕事」を共同でこなすことが、グループの構成員としての義務であり、お互いに裏切らないという意思表示でもある。これから、病院の那珂川を殺しに行く三人は、当然、罪を共有する堅山にも同行を求めた。だが、堅山は、恐怖におののき、尻込みした。あまり、追いつめると逆効果と判断した中ノ島は、ほかのメンバーを説得し、堅山を会社に残すことにしたのだ。だが、三人は、堅山を許していない。

もはや、自分たちのグループの長とは認めない。ボスは、中ノ島だ。この会社の実質的なボスも中ノ島だ。堅山の「よろしく頼む」が完全に無視された背景が、そこにあったのだ。

この瞬間から、小心者の堅山は、もはや、組織の長として認められず、中ノ島が実質的なボスとなっていたのである。

その晩遅く、那珂川は予定通り、「病死」させられた。

那珂川のばあい、最後の注射を突き刺して引導を渡す仕事は、原野が請け負った。三人の中では、ヤクザまがいの少年時代をすごし、前科もある原野には、この仕事は、さしたる負担でもなかったのである。

原野は平然と注射器のシリンダーを押し、毒液を那珂川の体内に流し込んだ。なんの躊躇もなく。過去の成功体験が、原野を大胆に成長させたのである。原野にとって、実は殺人は初めてではなかったのだ。

中ノ島の方には、もうひとつやるべき仕事が残っていた。もう一人、消さなくてはいけない相手がいる。那珂川宅明が一九九九年一月初めに死亡すると同時期に、出入りの破綻済みの生命保険会社、大百生命の外交員も病死した。聞いてもいないのに、中ノ島がわざわざ外交員の病気のことをKに報告に来た。「あの外交員も長くないみたいですよ」

Kの反応を見たかったのだろうか？　しかし、会ったこともない人物の病気をわざわざ

Kに報告に来たのは、明らかに中ノ島の失態だった。警戒しすぎたのだ。

大百生命の外交員は、中ノ島とつるんで、那珂川の保険金殺人を計画した当事者であった。だが、分け前を欲張りすぎて、中ノ島に過大な要求を突きつけた。中ノ島は、カルト組織を動員して、那珂川と同時に、この小うるさい小悪党を処分したのだ。外交員は、保険金が下りる直前に病死「させられた」。

那珂川の死亡後二、三週間ほどして、メンバーの表情が一様に明るくなった。メンバー同士で冗談を言い合い、何かが起きたことが感じられた。保険金が下りるとわかったのだ。万が一、保険会社がクレームをつけてこないかと心配していた中ノ島たちは、保険会社内部のカルトからの朗報に小躍りした。

暫くして、那珂川の夫人がアークテックを訪れた。未亡人と中ノ島グループのメンバーだけが、密室に入り、一時間ほど談笑していた。絶え間ない笑い声と嬌声が聞こえた。

Kと同僚は、夫人も事件に関与しているとの感を強くした。夫人が保険金の分け前をメンバーに渡しに来たのだった。Kと同僚は、この時点で、少なくとも那珂川の死亡事案については、事件性があると確信するにいたった。

組織的保険金殺人

一九九九年一月、何人かが、同じ疑惑を持った。保険金殺人の可能性が見えてきた。那珂川宅明の死亡が、保険金殺人によるものであるという匿名のメールであった。

月末になって、Kは、警視庁のホームページに短い告発メールを送った。那珂川宅明の死亡が、保険金殺人によるものであるという匿名のメールであった。

警視庁からの反応は無かった。だが警視庁内部のカルト組織は、この告発メールに驚愕した。在日カルトの組織的な保険金殺人が発覚してしまう。絶対に阻止しなくてはならない。

カルト組織は、すぐさま、アークテックに連絡を取った。アークテックの犯罪者たちは凍りついた。告発メールは、まだ、ほかの職員の目には触れていない。告発メールの処理をする部署は、もともと、カルト組織の仲間で固める人事体制が敷いてある。だから、カルト組織外に情報が漏れる恐れはない。

だが、どんな方法で、告発が漏れるかわからない。マスコミは大丈夫か？　一体、誰が、メールを出したのか？

その点はすぐにわかった。やっぱり、Kだった。四年前、堅山を説得してKを追い出しておけば、こんなことにはならなかった。中ノ島は、悔やんだ。

しかし、Kは何食わぬ顔をして、毎日勤務している。そして、なにやら、何人かの社員とひそひそ話に精を出している。Kと関係のある社員ばかり数人が、会社の出すお茶を飲もうとしない。

中ノ島の愛人は、その事実を中ノ島に報告する。中ノ島は、焦る。事件に勘づいていた女子社員は、三カ月の試用期間終了後、さしたる理由もなく雇用契約を解除された。もう一人の男性社員は、一緒に仕事を担当している堅山が仕事に実が入らず、明らかに上の空になっていることに気づいた。

彼は、少しでも疑問に思うことを、Kに報告してきた。会社として、全く取引のないはずの企業から中ノ島への妙に親しげなファクスが入ったとコピーを持ってきてくれた。差出人のアジア技研興業が、事件とどう関わっているかはわからなかったが。

Kは、そのアジア技研興業が、加東の会社の保険金詐欺でも背後で蠢（うごめ）いていた、同じ保険金殺人代行会社であったとは知る由もなかった。両社のケースとも、裏で糸を引いた暗黒組織は、同一のカルト集団だったのである。

この暗黒組織は、実は、全国的に大きな話題になった、大きな保険金疑惑にも関わっていた。九州の熊本県で起きた、病院理事長夫人と看護師たちの交通事故を装った保険金殺人事件である。

一九九九年九月、台風十八号が熊本県を直撃した。原林病院が被害を受けて、理事長が損保に保険金の請求を起こした。三社の見積合計額が、一千八百〜二千万円だったのに、後述の交通事故で死んだ三人の看護師も交渉に加わり、損保の担当者をつるし上げて増額させた。結局、合計で一億円を支払わされた。実際の被害は、六階の病室の窓ガラスが割れたのと、床が水浸しになったこと。ガラスは入れ替え、床は雑巾で拭いておしまいだったが。随分と高いガラスと雑巾である。

一九九九年二月のことだ。病院理事長が自宅で飼い犬に襲われ、瀕死の重傷を負った。当時理事長自身に五十億の生命保険が掛けられており、多額の特約保険金が支払われた。さて、誰が診断書を書いたのか？　誰かその傷跡を見た第三者はいるのか？　以後、当然ながら理事長の名前は、保険会社のブラックリストに載った。

そんないわくつきの病院の理事長夫人と看護師三人が、車ごと崖から転落して死んだ。なんと、総額七十億円の生命保険が掛けられていた。

県警の元刑事部長が、病院に天下っていた。勿論、理事長と同じ層和信者だ。県警のノンキャリアでは一番の出世頭だ。層和学会内部での彼の地位が、県警刑事部長の地位まで彼を引っ張り上げたのである。ノンキャリの希望の星である。層和信者でないと、警察内部でも出世が遅れるのだ。

理事長の二人の娘は検事に嫁に行っている。警察と病院の宗教信者の間で、密接な裏連絡が取られる。熊木県警は、犠牲者の解剖もせず、てきぱきと自然死扱いで処理して、証拠を消した。

層和の暗部、恥部を暴くので定評のある伸潮社の写真週刊誌が、この疑惑を記事にした。伸潮につづいて、マスコミ各社が、熊木に取材に入った。現地で取材に動いていたマスコミ関係者に、やくざ風の連中が付き纏い、威圧をかけた。これが、事故ではなく事件である極めて明快な証拠だった。ヤクザの絡んだ殺人事件であり、保険金詐欺なのだ。

理事長が、伸潮の社長を名誉毀損で告訴した。そして、不思議なことに数カ月後に、意味不明の理由で告訴を取り下げた。いったんは、告訴はしたものの、勝てない裁判であるし、逆に世間の目が集まり不都合だとわかり、取り下げたのだった。

もとより、あまり頭の良い連中ではない。その告訴取り下げこそ、犯罪の実在を証明するものであるのに。

一方で、層和学会の本部が理事長の援護射撃に乗り出した。毎号、毎号、伸潮社を口汚く罵る毒々しい赤文字が、層和系の月刊雑誌の中吊り広告に載る。山手線や埼京線の乗客が、毎日それを読む。その仲潮社誹謗中傷広告に「熊本県の保険金詐欺は事実無根」と、理事長を全面支援する文言が躍ったのである。

層和も焦っていた。この事件は、明らかに層和関係者が組織ぐるみで実行した、保険金殺人事件なのである。層和の病院理事長と、層和の警察OB、層和の現役警官、層和出入りの在日ヤクザがつるんでやった凶悪犯罪なのだ。

発覚すれば、層和も大変な危機に見舞われる。だから、層和の雑誌が、仲潮社を必死に叩く。だが、仲潮は決して屈しない。一段高いところから、層和の悪あがきを少しばかり嘲りながら、観察しているのだ。穢れた悪に与しない仲潮の姿勢は、立派だ。逆に、電車の乗客は、なぜ、層和は、胡散臭い巨額保険金疑惑の理事長を庇うのかと、訝しく思う。層和にとって、その広告は、逆効果でしかない。層和は、世間の常識の通用しない人たちの集団なのかもしれない。

林田益実といえば、犯罪界の第一人者、毒入りシチュー事件の主人公である。実は、元在日の帰化人である彼女もまた、在日暗黒組織の大事な顧客の一人だったのだ。

彼女の罪状は、地域の催し物で毒入りシチューを食べさせ四人を殺害し、六十三人を中毒にさせたことだが、それ以前に彼女は、暗黒組織の世話になっているのだ。父親の死で、二億円、母親の死で、少なくとも一億四千万円を手にしているのだ。これも自然死ではなかった。暗黒組織の手で作られた自然死だったのだ。

林田風情に、億単位の保険金詐欺を実行して、首尾よく成功できるわけがない。裏にしっかりした組織があり、林田を全面サポートしたからこそ可能だったのだ。そして、案の定、林田の背後には、あの巨大在日宗教が潜んでいたのだ。

毒入りシチュー事件とは別に、不思議な裁判が並行して行われてきている。法廷内の隠し撮りをしたとして、林田が伸潮社を民事告訴したのだ。そして、林田には、なんと、十人の巨大弁護団がついているのだ。

毒入りシチュー本裁判では数人の国選弁護人しか使えない林田が、なぜ、この金の掛かる民事裁判で十人を使えるのか？　伸潮社は、層和学会の暗部を暴く、層和にとって天敵のような出版社である。層和が林田に働きかけ、伸潮社に対する裁判を起こさせたのだ。訴訟費用は、勿論、層和が出している。

この事実は、林田の保険金詐欺事件に、層和と連なる在日犯罪組織が関与していたことを裏付けるものでもある。毒入りシチュー事件の当初から、林田益実の背後には保険金殺人を目的とした犯罪集団がいるのでは？　との見方があった。保険金殺人に関しては、層和警察との連系プレーだという噂もあった。揉み消しには、層和検事に層和弁護士、層和裁判官までもが起用されている……そう考えれば、林田益実がなぜ伸潮社相手に裁判を起こしたのか、納得できるのである。

層和は焦っている。林田に裁判を起こさせたのは、勇み足だったのだ。伸潮社には、解っている。熊木の七十億の疑惑も林田の事件も、背後に層和の犯罪組織がいることに。層和の裏組織が、恒常的に保険金殺人に従事してきたことも。だから、いかに層和に叩かれても痛くない。層和の裁判官が、伸潮に不利な判決を下しても、打撃はない。伸潮は本気なのだ。在日裏社会と妥協するつもりはないのだ。

林田が、死刑判決が予想されたにもかかわらず、動揺もせずにいられるのは、暗黒組織が見殺しにはしないだろう、最後は層和が助けてくれるという確信があるからなのだ。林田が真実を喋れば、暗黒組織が困る。だから、暗黒組織が司法に働きかけて、林田を極刑から救い出してくれると思っていたのだ。

だが、一審では死刑判決が出た。「話が違う」。林田は控訴審では、完全黙秘をやめ、秘密を暴露しようと考えているかもしれない。どうせ死刑になるなら、洗いざらい喋ってしまえと。

今、暗黒組織は、林田の動向を息を潜めてうかがっている。林田が口を割れば、組織と上部の在日宗教全体の危機だ。勿論、そんな事態になれば、公判直前に「自殺させられる」ことになるのだろうが。

同じカルト組織が全国展開している。どこの県でも、カルト組織が横の連携を利用して、隠れた保険金殺人を実行してきている。加東の会社や堅山の会社の案件で蠢いたアジア技研は、そんなチェーン店組織の一員だったのだ。保険金詐欺のフランチャイズ組織が存在するのである。恐ろしいことに。

毎年、何人の罪なき人が、この組織の餌食になっているのだろうか？

男性社員もKも犯罪の実在に確信をもった。男性社員は自分に危害が及ぶことを恐れ、夫人と相談のうえ、堅山の慰留をふりきり、六月末に無理やり退職していった。

後日、彼の自宅に空き巣が入った際、Kも彼自身も、メンバーによる間接的な脅迫であろうと思った。Kは相変わらず、アークテックでの勤務を続ける。

目の前に、自分たちの殺人を告発した張本人が平気な顔をして座っている。堅山はひたすら怯えた。仕事が手につかない。原野は、意外な弱さを露呈した。食事がノドを通らない。見る見るうちに痩せていく。

岸田は、一時はやめていた覚醒剤にまた手を出す。恐怖に怯えて、どうしても薬に頼ってしまう。どんどん、打つ量が増えていく。シャブ打ちの痕跡を見られないように、夏でも長袖のシャツしか着ない。会社に出勤するのがやっとの状態だ。だが、動揺を見せるなと組織から厳命されている。普段の生活を変えるなと。

中ノ島だけは、さすがに筋金入りの悪党である。内心戦々恐々とはしていたが、表には出さない。だが、ほかの二人同様に、毎日毎日が針のむしろであることには変わりない。中ノ島グループの三人は、耐え難い苦痛の毎日を送った。もう我慢できない。この事態を打開したい。中ノ島と原野は額を寄せ合い、必死の形相で密談した。


一九九九年八月二十四日、中ノ島は決行した。そして、失敗した。

アークテック主任の鶴井氏の送別会の席上で、Kは社長室長中ノ島及び営業次長原野の二名から、犯罪組織への勧誘を受けた。

具体的には、「仲良くやろうよ。俺たちあんたとは、仲良くしたいと思ってたんだよ」と、周囲に悟られぬよう、言葉巧みにアプローチしてきた。

「嫌なこった」とKは即座に答えた。続けて、「俺たち、堅山さんは好きじゃないんだよ……嫌いなんだよ」と中ノ島が言った。

Kは、中ノ島らが次には、現社長の堅山登志男の保険金殺人を計画しているのではないかと直感した。そこで、Kは、「嫌いなら、消しちまえばいいじゃないか？　殺しちまえよ」と応えた。お前たちの犯罪は、とっくに解っているという意味をこめて返答したのである。中ノ島は気色ばんでKの襟元を掴んだ。

堅山はメンバーの一員ではあるが、もはや、リーダーではない。アークテックのトップではあるが、小心者で、一番崩れやすい男。

裏リーダーである中ノ島は、万一を考え堅山を消しておく必要を感じたのだろう。どうせ殺すなら、お得意の保険金詐欺を兼ねて金儲けにも繋げたかったろう。それに、堅山が居なくなれば、アークテックは、名実ともに中ノ島の思い通りになる。堅山さえ始末できれば、後は、アークテックの資産を根こそぎ掻っ攫い、計画倒産してしまえばいい。

そんな思惑もあり、古参の役員二人は、じょうずに追い出してある。既にこの時点で、中ノ島は、組織上でもアークテックのナンバー2に成り上がっていたのである。

だが、中ノ島にとって、Kの存在は、どうにも怖くて仕方がなかった。過去の犯罪の発覚を阻み、かつ次の犯罪を安全に行うためには、Kを一旦は、仲間に引き入れる必要がある。金品を与え、堅山殺害にも加担させることで、共犯にしておきたかった。なんとしても。しかし、Kは、中ノ島の誘いを即座に拒否した。

その場でKに騒がれることを恐れた彼らは、Kの飲むワインに薬物を混入させ、前後不覚にさせた。中ノ島らは、薬物によりKをその晩のうちに殺害する目的であったのか、取り敢えず口を封じたかったのか、わからない。

Kは、お陰で体調をひどく崩したが、並外れた生命力のおかげで回復し、とにかく翌日以降も無理をしてアークテックに出社した。事後、Kの普段とあまり変わらない顔を見た中ノ島・原野の驚きようからすると、本来致死量を服用させられていたのかもしれない。

Kは、その後、数日間は、様子を見ていたが、メンバーが、改めてKの殺害計画を準備していることに気がついた。九月一日夕方に、米国T社の幹部が来社するに際して、どうしても同席してくれと堅山から念を押された。当夜にKの殺害計画を進めている恐れがあった。Kは、二十七日午後早退し、そのまま家族ともども一時身を隠した。

中ノ島は、計画がばれてKに逃げられたことに、ひどく狼狽した。背後のカルト組織も探してはいるが、まるで行方がわからない。焦り狂った中ノ島は、Kの子供の通学する小学校にまで電話を掛けた。子供が通学しているようなら、Kも近くに潜伏しているはずだ。だが、子供は休んでいるという。どこに行ったのか？　告発の準備をしているのか？　怖い。どうしたらいいんだ？

だが、背後の組織は、徹底して平静を繕うように指導してきた。そして、Kの失踪を誠実に心配しているように振る舞えと指南した。しかし、それでも、何か切迫した様子をメンバー全員が押し殺すことはできない。一般社員は、彼らの不思議な緊張を訝しげに眺める。

Kには、恐れていることがあった。中ノ島が発覚を恐れて、小心者の堅山を殺害すること、KとKの家族を追いまわすことだった。そこで、防衛策をとった。

一週間ほどして、Kはある女子社員を含め複数の社員の自宅に告発書簡を送付した。女子社員の母親は、書簡の差出人の名前に驚いて、すぐに会社にいる娘に連絡をとった。何も知らない女子社員は、中ノ島に書簡の到着を伝え、中ノ島は、すぐにファクスで送るよう依頼した。そうせざるを得なかった。

かくして、告発の内容を複数の社員と家族、それに犯罪者一味が知ることになった。Kは女子社員が、間違いなく中ノ島に書簡を見せるだろうと計算した。そして、その通りになった。

中ノ島は、告発の内容を笑い飛ばし、Kの妄想であるとの印象を創ることに腐心した。単純で無知蒙昧な社員たちはころりと騙された。老獪な中ノ島にとって、一般社員など、いくらでも騙せる対象だった。犯行に薄々でも気づいていた社員は、この時点では退職して一人も残っていなかった。しかし、残った無知蒙昧な社員たちが、犯罪の存在に懐疑的であろうとなかろうと、犯罪の概要を書いた文書を目にしたことに間違いはない。少なくとも中ノ島たちが次の凶行に出れば、真っ先に自分たちが疑われるという状況を作ることに成功した。一味がKと周辺の人間に手を出せない状況を作るため、女子社員に無意識のうちに協力していただいたわけである。

また、告発書簡には、次に誰が狙われるかを書いておいた。真っ先に堅山が狙われると書いた。事件発覚の際に口を割るのは堅山しかいない。堅山を生かしておかないと、事件の真相を話す者はいなくなる、Kはそう考えたのである。

一九九九年十月十二日、Kは、警視庁に告発した。

Kは、警視庁のホームページあてに三件の保険金殺人事件の告発メールを送付した。警視庁からの反応は無かった。同時にマスコミ各社にも、同様の情報をメールで流した。

警視庁内部の犯罪組織は、告発メールが送付される恐れを充分予測していた。受け入れ部門には、カルト信者の職員が配置され、四六時中張り付いて、メールをブロックする役割を果たしていた。Kのメールは、入ると同時に警視庁内部の協力者の手で隠匿され、犯罪組織に回送された。

その頃、Kの告発文を読んだというマスコミ関係者を名乗る人物からKの自宅に電話があった。会って話を聞きたいというので、Kは、十月十八日に会うことにした。

一九九九年十月十八日、扶桑テレビの記者から取材を受けた。

Kは、扶桑テレビの報道記者を名乗る、信原という女性と午後二時にお台場のホテルサンコーのロビーで待ち合わせた。

待ち合わせ時間を一時間間違えたKは、午後一時にはホテルに着いてしまっていた。彼女が来ないので不審に思い、彼女から聞いていた携帯電話に連絡した。彼女から二時のはずと言われて、自分の思い違いとわかった。一時間のあいだ、ホテルの外で時間をつぶした。二時近くになって、彼女から携帯電話に電話が入った。彼女はホテルのロビーで待っていた。身長百六十センチくらいの長い黒髪のなかなかの美人である。現代女性には珍しく、髪を一切染めていなかった。

Kを見たとき、信原記者は口をあんぐりと開け、なぜか非常に驚いた顔をしていた。理由はわからない。ホテルのコーヒーハウスに入って、彼女の名刺をもらった。そこには、扶桑テレビ、ニュース・ハポンの信原麗子と書いてあった。Kの扶桑テレビあてのメールを見て取材をしたかったとのことだ。彼女は、既にアークテックの新木前社長が死亡していることを調査で確認済みだと言った。

そして、加東の会社についても、会社の登記簿を取り寄せていた。Kは、登記簿を見せてもらい、事件の鍵となる人物の一人で子会社の専務である東井小八氏が、一九九九年の初めに役員を降りていることを知った。その背景を知りたいと思った。彼もまた、あの組織の手で、何かされたのだろうか？　犠牲になっていなければいいが。

アークテックで死亡した那珂川や犯罪関与者の写真を彼女に渡した。信原記者との話は、四時ごろまで続いた。

それまでの間、信原記者いわく、上司と称する人物から十回近く、彼女の携帯に連絡が入った。すぐに話を切り上げて、次の取材先に向かうよう催促されていると彼女は言った。それでも、彼女は腰を上げずにKとの話を続けた。非常に熱心に聞いた。

扶桑テレビは、経三新聞系列のテレビ局である。経三新聞は、統率協会との裏の関係が強く噂される右翼的新聞である。統率協会系の世界時報とも人事的交流がある。当然、社内に統率協会の組織内組織が出来上がっている。

アークテックと加東の会社の両方で保険金殺人に関与している統率協会の内部では、緊急事態で蜂の巣をつついたような騒ぎになっていた。Kの告発メールはマスコミ各社に送付されている。この手のメールは、どこの社でも毎日何通も入るから、まず、まともに取り上げるメディアはないだろう。

それに、少なくとも、読瓜、経三、昧日、経日は、統率と盟友の層和学会がしっかりと支配しているメディアだ。在日宗教の犯罪の報道など、絶対にさせない。ほかのメディアも、盟友の層和学会が、大量の広告と印刷請負で食わせてやっている関係上、いざという時は、層和と雷通の二方面から働きかけ、黙らせることができる。だから、今回の騒動でも、それほどの心配はしていなかった。

だが、Kがどこまで知っているのか、これから何をしようとしているのか、どうしても把握しておく必要がある。そこで、扶桑テレビの統率信者は、部下の記者、信原麗子に探らせたのである。信原は、上司の思惑も知らずに、Kに長時間の取材をしたのである。

信原は、Kへの取材を終えて帰社すると、根掘り葉掘り、取材の内容を上司に聞かれた。上司は目を血走らせて、「手短に話せ」「それでどうした？」と、ひどく慌てて、信原をせかした。そして、報告を終えると、上司はただ、「この件はもう触らなくていい。取材もやめろ」と指示したのだった。

後に信原は、厚生労働省担当の記者に配置換えになったが、Kにインタビューをしたことなにか関わりがあるのだろうか？　それは本人も知らない。

一九九九年十月十七日、Kは、東京港区のマンションに小さな事務所を開設した。四、五日の間は引越しと整理に忙しかった。

十月二十二日、アークテックが通告書を郵送してきた。アークテックは、弁護士の名前を使って、通告書を出してきたのである。

勝馬弁護士名義の通告書には、「告発の内容は全て妄想であり、これ以上告発活動をすると名誉毀損で告訴する。謝罪文を出せ。さらに未決済の支払金を弁済せよ」との記載がある。後日、Kの方から、アークテックあてに一日も早い告訴を促し、未決済の支払金は相殺するとアークテック側の大幅借越しになるとする書面を三度送った。

その後、今に至るまでアークテックから告訴は提起されていない。さらに、アークテックは、Kに対して、三、三五八、一一三円を返済すべきであると通告書にて主張しているが、以後催促など、ただの一度もない。

中ノ島らの犯罪が実在せず、全てKの妄想であるとするならば、なぜ告訴しないのだろうか？　なぜ、三百万円以上もの大金を、Kに請求してこないのか？

中ノ島には、背後のカルト組織から、Kの告発を止めさせるための方策が指示された。弁護士の通告書で、「法的権威」を振りかざして抑えつければ、大体の場合は、泣き寝入りする。それが、統率が過去に追及者に追及を断念させる緊急手段として、取ってきた手口だった。これで間違いなく、沈黙するはずだった。

だが、Kの場合は、いつの場合でも前例をことごとく破られる。今回も期待通りの反応をしてくれない。しかも、通告書を書いたことになっている弁護士は、実は、名前を使われただけだったのである。弁護士事務所にいるカルト信者が、先生の名を使って、勝手に通告書を出した。この事実は、後になって先生の命にも関わる問題となったようだ。

何年かして、勝馬弁護士の名前が第一東京弁護士会の名簿から消えた。弁護士会を替えたのだろうか？　それとも亡くなったのだろうか？　それとも……消されたのだろうか？

暗黒の中にその答えはある。

偽捜査

一九九九年十月二十九日、警視庁からKあてに電話が入った。

Kは、開設後間もない港区の事務所で、初めての来訪者を迎えようとしていた。午後十二時五十五分、事務所の電話が鳴った。電話に交互に出た相手は、警視庁捜査一課の尾野、鈴本と名乗った。

「警視庁にもらったEメールの件で、話を聴きたいので、あすの十月三十日の土曜日か三十一日の日曜のどちらかに警視庁に来てください。資料、まとめて持ってきてよ」

そう言われて、Kは、翌三十日の土曜日に訪問することを約束した。

電話を切るかきらないか、ちょうどその時に、江戸化学工業の松沢営業部長と白岩化学の吉田係長が来訪した。一時ちょうどの約束だった。韓国向けの樹脂乾燥剤の商談が目的であった。

この時点では、Kは、警視庁からの電話が、正規の捜査に基づくものであると信じて疑わなかった。だが、刑事は、どうやって、開設間もないKの事務所の電話番号を知ったのだろう？　親兄弟しか知らないはずの電話番号を。それ以前に、なぜ、Kが事務所を開設したと知っているのだろう？　盗聴しかありえない。

保険金殺人組織は、Kの告発を受けて右往左往していた。決定的な口封じの手段のはずの弁護士の通告書も何の役にも立たなかった。

このまま、Kの告発が続けば、どこかのマスコミが真面目に取り上げるかもしれない。カルトの支配力の及ばない警察幹部が知れば、とんでもないことになる。組織は、全力を挙げて、Kを抑えこむことに決定した。

警視庁内部の層和学会信者グループが緊急招集された。いつも、裏仕事のたびに臨時編成される連中である。保険金殺人組織の構成員自体は、統率信者がほとんどだったが、警察機構の中では、層和のほうが、堅固な信者ネットワークを構築している。事件を隠蔽するには、層和の方が、対応しやすい。統率も警察内部に組織内組織を作ってはいるが、公安部が主体で、刑事部は弱い。

そこで、統率は、保険金殺人にも関与した権藤組に懇願して、警視庁の層和シンジケートを動かしてもらったのである。権藤組の権藤組長にしてみれば、今のシノギの六割以上が覚醒剤収入であり、ブツは、統率のルートで北朝鮮から運んできている。統率自身が、覚醒剤の密造に従事していることもわかっている。だから、統率の懇願は、断れない。それに助けてやれば、上納金もたっぷり吸い上げられる。この際、連中の手に入れた保険金、根こそぎ取り上げてやろう。権藤組長の工作が始まった。

まず、今まで随分と裏仕事で助けてやった層和の政党、都議会公正党のドン、富井藤雄に会った。そして、警視庁の層和部隊を貸してくれるよう頼んだ。富井は、権藤に借りがある。東山村市の反層和議員をビルから突き落として始末したのも、権藤組の若い衆の仕事だった。ほかにも、何人も、煩い反対者を抹殺してもらっている。富井は、権藤の要請に頷いた。

警視庁捜査一課の層和警官、尾野と赤阪署の鈴本が、まず実働部隊として召集される。この二人は、地方公務員である前に、警察内部で層和のための裏仕事ばかりやらされている「層和問題専門警部補」である。

赤阪署は、管内に在日暴力団組織、在日芸能プロなどを抱える裏社会御用達警察署である。在日裏社会の犯罪を幇助、隠蔽するのが、赤阪署の最も重要な仕事であると言っても過言ではない。警察内部の裏組織の手で、赤阪署に随分前から、層和警官が集中的に集められてきたのである。鈴本もそんな層和の警官の一人だったのである。

鈴本は、Kへの対応で大失敗した。Kの実家に電話をした際、「赤阪署の鈴本です……」

と口走ってしまったのだ。Kは、その話を耳にして、すぐに、赤阪署と裏社会の関係を思い出したのだから。

赤阪署は、芸能界のドンと言われるボーニング・プロの在日経営者、蘇芳氏と深い繋がりがある。ボーニングは、日本の覚醒剤業界の胴元である山朽組系権藤組系列であり、芸能界に覚醒剤を供給する拠点になっているのだ。芸能人を覚醒剤で縛り、ギャラの大半を吸い上げてしまう役割を担っている。

その意味で、権藤組の利権を守り、覚醒剤商売の円滑化を図るのが、赤阪署の層和警察官の大事な職務なのである。権藤組長は、五代目山朽組の若頭補佐に抜擢されており、次の次の七代目を襲名する可能性すらある大物だ。警視庁が、層和警官を赤阪署に集めて、権藤組長と蘇芳社長のご機嫌を伺うのは当然のことなのである。

尾野、鈴本以外にサポート役が二人、それに、チームリーダーとして、警部の宮沢が起用された。そして、事と次第によっては、実力行使も必要になるから、権藤組の殺し屋数名も待機する手配がされる。だが、誰もやりたくない、厭な仕事である。ヤクザとつるんで、罪なき市民を抹殺する手伝いを、現役警察官である自分がやらされるかもしれないのだ。だが、層和の最上層部からの指示は、断れない。それに、過去にも、本来監獄に行くべき所業はたっぷりやらされてきた。いまさら、逃げることもできない。

宮沢を中心に作戦が練られる。「告発に基づいて正規の捜査を行っていると見せかける」「それで、捜査の結果、犯罪の事実はなかったとKに報告して、納得させる」「勿論、カルト組織だけで行う偽物の捜査であるから、同僚警察官に知れないよう細心の注意を払う。Kとの接触も同僚の目のない休日に限る」

これが基本方針となった。

だが、Kに偽装捜査を見破られたらどうするのか？　偽装捜査などせずに、さっさと拉致して消してしまえという意見もある。いつまでも方針が定まらない。とにかく、Kを呼び出し、ヤツが何をどこまで知っているのか探る、臨機応変にその場で判断して、拉致殺害するかも決めるということになった。臨機応変と言えば聞こえはよいが、要するに、だれも結論が出せなかったのである。

こうして、カルト信者警官の寄せ集め混成部隊による休祝日だけの「偽装捜査」が開始されたのである。それぞれ、所属部署はばらばらだが、それでは、一緒に捜査に動いていることが説明できない。そこで、全員が本庁の捜査一課員であると偽ることにした。尾野だけは実際に捜査一課の人物だったが。

一九九九年十月三十日、Kは、警視庁に呼び出された。この刑事たちがカルト一味の仲間だった。その日は土曜日だった。Kは、地下鉄日比谷線で警視庁に向かっていた。車内で、大学時代の友人、上村氏にばったり会った。ほとんど卒業以来だった。互いに名刺を交換し、近々に再会することを約した。日比谷駅で電車を降り、徒歩で警視庁に向かった。土曜日であり、車は少なく、快晴。気持ちのよい朝であった。約束の午前十時を少し過ぎたところで、警視庁に到着した。

警視庁のロビーに入り、左脇の受付で、来訪目的を告げ、用紙に半分記入したところで、背後から声をかけられた。「お待ちしていました」

長門勇によく似た小柄な男が、そう言った。尾野警部補であった。もう一人の長身で額の禿げ上がった、眼鏡をかけた男が、鈴本であった。ギョロ目が印象的であった。

制服を着た受付の警察官は、Kの書きかけの来庁者登録用紙をしまいこんだ。Kは、ロビーまで出迎えていただけるほどの重要人物であったようだ。

どうやって警視庁に来たのか聞かれたKは、日比谷駅から歩いてきたことを尾野に伝えた。尾野は、最寄駅は霞ヶ関であると言った。

尾野と鈴本に案内されて、警視庁二階の参考人聴取室に通された。入り口に施錠された扉があった。尾野は、インターホンで係官を呼び出して、「捜査一課」と言った。しばらくして、制服の警察官が内側からドアを開けた。

ドアの内部には、明るい別室があり、刑事らしき人物四人が座って、雑談していた。さらにこの部屋の左奥のドアを開けて、内部に通された。廊下を挟んで両側に小部屋が連なる構造だった。尾野・鈴本の他に三人の男が中で待っていた。右手の二つ目か三つ目の小部屋に通された。同じ部屋に尾野・鈴本の両名とKが入った。残りの三人のうち、一人がドアの外の廊下のイスに座り、残りの二人は廊下を隔てた反対側の部屋に居た。廊下の一人は三十代前半、残り二人は中年。

この身分不明の三人がKを見る目が印象的であった。まるで、天敵を見るような、この世で一番会いたくない人間に会ったような、嫌な顔をしていた。なぜそんな、疎ましい顔をしたのか、疑問に思った。そして、事情聴取の真似事が始まった。

直接の事情聴取は、尾野が行った。警察手帳の氏名の載っているページをKに見せ、刑事部捜査第一課の警部補、尾野義久と名乗った。鈴本と名乗る眼鏡をかけた男は、書記役であった。Kの説明を殴り書きしたA3大の書面を、逐一、廊下の外で待っている別の刑事に渡していた（聴取の内容を調書にする作業と思われるが、結局調書は作成されず、署名や捺印も求められなかった）。

Kは持っていった資料を一通り、説明した。警視庁あてに送ったメールのコピーはないのかと尾野に聞かれた。「警視庁のホームページのメール窓口は、文章を貼り付けて送信するタイプだから、僕の方にコピーはない。中身は、マスコミ向けに出したやつと同じですよ」と説明した。

尾野の手元に、Kの警視庁あてのメールのコピーがない様子だったので、不思議に思った。正規の捜査であるならば、当然一番大事な資料として、まず上司から渡されるはずである。

尾野は「あんたの告発が、オヲム神霊教に関連しているんで、オヲム対策担当の私の部署に捜査の指示がきた。ほら、警察手帳にも挟んである記事のとおり、前からオヲム担当してんのよ。私が中心になって、これから捜査を進めるから。いやね、オヲムの事件では、捜査一課は出る幕なくって、歯軋りしてたのよ。刈谷清志さん拉致事件でやっと出番が回ってきたわけよ」(後日、K宛ての携帯の伝言でも、自ら「オヲム対策班の尾野です」と名乗っている)。確かに、尾野は、捜査一課のオヲム対策要員だったようだ。滝木サリン裁判にも、本人が出廷して、何度か証言している。

もっとも、滝木の事件自体が、捏造であり、オヲム事件の黒幕の指揮の下に、層和警官である尾野もまた、東京地裁で偽証をしているのであるが。滝木は襲撃などされていなかったのだ。

それから、延々と事情聴取が続いた。アークテックでの三人の死亡案件などについて、たっぷりと説明させられた。そのうち、昼時になり、食事に階下に降りないかと聞かれたKは、腹が減っていないのでと断った。しかし、鈴本から促され、一階の食堂に降りていった。その際、鈴本から「この部屋には鍵をかけるから、カバンを置いていってください」と言われ、そうした。部屋を空けている間、残った刑事たちはカバンの中身を調べることが出来たはずである。そして、入っていたファイルの中の書類を貪り読んだろう。そんな必要はなかった。そのファイルは、最後にKから尾野に渡されたのである。

食堂には、尾野、鈴本、三十代の刑事の三人がついて来た。ほかの警察官たちから離れた席に案内され、菓子パンとパックコーヒーをご馳走いただいた。

刑事という仕事にかかわる世間話。食事の間も、三十代の若い刑事は、ひどく落ち着かない様子で、顔がこわばっていたのをKは思い出す。何をそんなに緊張しているのかと、不思議に思ったのだ。

尾野は、タンクローリーの爆発事故で、ここ数日捜査に忙しいと言っていた。この事故は、層和学会の地区幹部の運転手が起こした事故である。なぜ、この事故に捜査一課が出向くのか不思議に思ってKが尋ねたところ、原因が不明だから、犯罪の可能性があるなどと言っていた。だが、実際は、層和信者の関わった事件には、すぐさま、警視庁内部の層和警官が駆り出され、信者の不利にならないよう、捜査に介入する不文律になっていたのである。

　層和信者の不祥事は多い。信者が何かしでかすたびに、警視庁の層和警官部隊は緊急出動させられる。Ｋに対する参考人聴取もまた、警視庁としてではなく、層和としての偽装聴取だったのである。

　食事の後、ロビーの近くの喫煙所に案内された。ここで、Ｋは今回の事件の話の続きをしようとした。すると、鈴本が「ここでは、例の話はしないでください。周りの刑事もそれぞれ立場があるので」と、よく意味のわからない説明であった。ようするに、部外者に聞かれてはまずかったのだろう。

　午後も聴取は続いた。鈴本が聴取室を出たり入ったりし、外の中年刑事たちとやり取りしているのがわかった。ひどく動揺している様子が窺えた。

　この辺りから、Ｋはどうもおかしいと感じるようになった。昼休みの間にＫのファイルを読んだ刑事たちは、情報が既にマスコミ複数社に流れていることを知ったはずである。当日、Ｋに対する何らかの計画を持っていたとしても、実行できなくなったはずだ。

　Ｋは、既にマスコミと接触があること、特に扶桑テレビの自称報道記者、信原麗子という女性と連絡していることを、伝えた。刑事たちの硬い表情は変わらず、信原についてただの一言も発言しなかった。奇異に思った。組織の仲間だからか？

鈴本から、聴取は今日一日では終わらないので、再度十一月三日（祝日）に来てくれと依頼された。特に話し残したことはなかったはずだが、そう言われた。

Ｋは、休みの日は都合が悪いため、ウイークデイを希望すると応えたが、鈴本は理由を説明せず、再三休日を主張した。ウイークデイでは捜査に都合の悪いことでもあるのか？正規の参考人聴取ではなかったからだ。警視庁の内部の層和警官を寄せ集めて、参考人聴取の真似事をやって見せただけのことだ。平日では、層和以外のまともな警官に見られてしまう。だから、鈴本は、休日の聴取に固執した。そのあまり頭の良くない対応が、Ｋに疑惑を抱かせてしまったのである。

Ｋは、三人の死者が、それぞれ違う病院で死亡していることから、殺人を請け負う複数の医師のネットワークが存在すると考えていた。そのようなネットワークを組めるのは、オヲムの類しかないと、その時点では考えていた。オヲムが統率と層和の傀儡であることを、その時点では知らなかったのである。

警察やマスコミに捕捉されていないオヲムから派生した地下組織があることは、以前からわかっていたが、その地下組織が、暗躍していると判断していた。しかし、オヲムそのものではなく、分派して、いまやオヲムと直接かかわりの無い、独立した組織であるとの認識をもっていた。

また、別の宗教団体の支配下にある、オヲムを偽装した連中かも知れないという考えもあった。
どうやら、最後の推論が正解だったようだ。
午後の聴取は続いた。
尾野「三人の死亡者の主治医はオヲム信者であるかどうか、調べてみたけど信者リストには該当者はいなかった」
K「オヲム信者は、脱会者も含めて全員捕捉できているんですか？」
尾野「信者から押収した光ディスクで、信者はすべて把握できている。それ以外にはいない」
K「もし、該当者がいないなら、もう事件性はありえないってことじゃないんですか？」
尾野「いや……まだざっと調べただけで、これから細かく調べるから（この言葉を何度も繰り返した。なぜか、動揺が見えた）」
そして、鈴本からK本人の家庭環境や病歴について執拗な質問が始まった。病歴といっても、血液・尿検査を、いつどこでやったのかばかりを聞かれた。
このあたりから、連中の正体が見えてきた。鈴本が、頻繁に外の部屋と出入りを繰り返していたが、後述の「宮沢」などと、事後の対策を練っていたのであろう。Kの尿の検体に何をするつもりなのか、大体読めてきた。

杉並の会社の檜垣登志子は、ほかのターゲット社員同様に、Kが毎日飲むお茶にも違法薬物を混入させていたのだ。Kが精神の異常をきたしてくれることを狙った犯行でもあったが、警視庁の層和警官たちはもっと別の利用方法を考えていた。Kの血液や尿の検体が残っていれば、「薬物中毒」に仕立て上げることも可能と考えたのだ。

だが、そんな手口も使えないほど、事態は逼迫していた。そんな手を使うよりも手っ取り早く始末してしまえ！　そう息巻く層和の幹部もいた。層和警官たちは、自分たちの損な役回りを嘆いた。

自分がやった保険金殺人でもない。自分に利益の配分があるわけでもない。むしろ、犯罪の主体は、統率協会じゃないか。教祖同士が在日仲間だとはいえ、なんで、俺たち、末端の層和がこんな危ない橋を渡らなきゃいけないんだ？

層和であるがゆえに、試験結果・能力にかかわりなく、警部補に抜擢された彼は、嘆いた。本来ならば、いまだに巡査長のはずなのに。

だが、層和の在日幹部は、この件を速やかに解決するよう、警視庁の層和信者組織に厳命を下してきた。絶対に解決しろと。五人の層和信者は、自分が人選されたことをひどく恨んだ。貧乏くじだ。

午後三時ごろまで聴取は続いたが、Kが過去に脅迫状を送られたことがあると話したところ、その脅迫状をどうしても今日中に見たいと、鈴本が言い出した。帰宅後すぐにファクスで送ると答えたが、どうしても今日、自宅に同行してコピーを受領したいと言う。

「これから、車で行きましょう」と、鈴本が言ったとき、隠された意図を感じた。

Kは、車では時間が掛かることを説明し、電車で行くことを主張した。鈴本は執拗に車を主張する。

カルト組織は、Kをどう処置するべきか判断がつきかねていた。単に、拉致して始末してしまえという強硬な意見もあった。層和でも過去に何度か、そういった荒っぽい解決の方法をとった事実があった。だが、Kの発信した情報がどこまで拡散しているかわからない。下手に、処分してしまえば、どんな反動が起きるかわからない。それが怖い。

一応、層和の仲間の山朽組系権藤組のヤクザ数人は外で待機させている。家まで車で送るとKに言って、途中で拉致に切り替え、後は権藤組に始末してもらう手もある。だが、カルトの内部で意見調整ができない。Kの弁護士がどこまで知っているか、坂木事件の時のように、Kの家族まで拉致殺害しなくてはすまないのではないか？　だが、そうなると弁護士だの、両親だの、一体どれだけ消せばいいんだ？　とても、現実的には無理な話だ。

これでは、意見はまとまらない。

尾野と鈴本は、また外の部屋との往復を繰り返し、宮沢に指示を仰いだ。宮沢も判断ができない。判断を間違えれば、巨大な一千万組織の存亡にも関わる事態を呼び込んでしまう。とても怖くて決断できない。そういう時は、決断をしないのが、人間の性だ。彼は、何もしない道を選択した。そして、最後の最後に、尾野が間に入って、電車で行くことを了承した。「いやあ、本当に車が嫌いなようですね。電車で行きましょう」と言った。

組織は、この時点で、拉致殺害を断念したのである。そして、鈴本・尾野が神奈川の自宅まで本当について来た。

東海道線の車内で、Kは「記念」に、お二人の写真を撮らさせて頂いた。ソニーのサブノートパソコンに付随したカメラで写真を撮られても、ITに詳しい人物でなければ、気がつかない(写真を撮ったことは、Kが後日彼らにメールで伝えた。その写真を目にしたとき、組織の面々は頭を掻き毟った。絶対的な証拠を握られてしまった。もう、どうにも隠蔽のしようがないと)。

平塚駅に着いてトイレに入ったKは、携帯電話で話をしながら改札口を出てきた。「いやあ、参った。今日警視庁に行ったことが、姉にばれてしまいましたよ。叱られましたよ」。そして、駅から自宅まで徒歩で向かう間に、自宅に電話し、「え、友達が五人も来てるの？」

「尾野さん、うちのカミさん、風邪ひいているっていうのに、友達が来てるっていうんですよ。何考えてんだか？」

二人は、硬い表情をしながらも黙っていた。身を守るためには、時に嘘も必要である。


自宅マンションに到着し、脅迫状のコピーを渡すまで、二人は階下の入り口近くで待っていた。帰ってもらう際、鈴本に警察手帳・名刺の提示、フルネームの開示を求めたが、「いや、今日は持っていないので」と、慌てた様子で連絡先をメモで残していった。そこには、「03（3××1）4××1、内735－321、鈴本」と書いてあった。そして、「この内線番号には鈴本は私ひとりですから」と言った。

どうしてもフルネームを言いたくなかったらしい。鈴本の名刺の内線番号、735－320と上記メモの735－321の部署に、事件に関わった警察官が隠れているということだ。

また、鈴本はKの姉の連絡電話番号を繰り返し聞いた。Kは、姉が主人の承諾を得ないと教えられないと言っていると断った。ちなみに、姉の配偶者が弁護士であることは、事前に説明しておいたのだ。

自宅に着くまでの間に、警視庁の宮沢と名乗る男から、自宅に電話があり、尾野・鈴本が到着したら連絡がほしい旨の伝言があった。当日警視庁で会った刑事A〜Cのうちの一人が宮沢であろう。そして、宮沢が犯罪組織のボスに近い、幹部であるかも知れない。

Kはこの時点までに下記のことに大いに疑問を持った。

（1）正規の捜査であるならば、参考人調書が取られるべきである。鈴本が調書の準備らしき速記をしていながら、調書を作成しなかったのはなぜか？　捜査をつくろった偽装であったとしたら、逆に調書を取らないと不審に思われる。だが、Kの告発の内容を知り、慌てふためいて調書どころではなくなってしまったと解釈する。さもなくば、聴取の間の連中同士の打ち合わせで、聴取の証拠を残しておくのはまずいと判断したのかもしれない。

（2）参考人には、日当及び交通費が支払われる規定が東京都条例にある。今回のケースでは、日当一万円に該当する。日当も交通費も支払いを行わなかった事実をどう説明するのか？　日当は、会計課から支払われる。正規の捜査でなければ、当然支払のための書類は作れない。警察では、この参考人日当の着服が問題になっているが、今回のケースでは、着服以前の問題である。

（3）尾野が十月二十九日に初めて電話をしてきたのは、Kの開設したばかりの港区の事務所であった。事務所の電話は、警察であればNTTに照会して調べられる。しかし、事務所の存在自体を知っているのは、家族や一部の取引先に限られ、部外者では、Kから事件の取材をした扶桑テレビ記者の信原麗子だけである。刑事がどうやって知りえたのか？

信原が犯罪組織の一員であり、Kから得た情報を宮沢らに流していたのだろうか？　もしくは、宮沢らがKを尾行し、Kの電話を盗聴していたということか。他には、合理的な説明はできない。尾野は、事務所に電話する前に、自宅の留守電に伝言を残している。その後、すぐに事務所に電話してきた。Kが帰宅して伝言を聞いてから行動するのでは、遅くなると考えたのか？　焦っていたのだろう。

（4）Kの自宅の電話は、対外用の主番号と、家族・友人用のダイヤルイン番号に分けてある。同日夕方、「宮沢」が電話してきたのは、ダイヤルイン番号の方であった。勿論、番号案内ではわからない番号である。家族と友人以外知らない番号を、なぜ宮沢が知りえたのか？　盗聴していたからであろう。もし、正規の捜査に基づくものであるならば、NTTに問い合わせて知ったことになる。その場合、捜査部署がNTTに提出した「捜査関係てあるはずである。そして、どんな捜査に情報を使用するのかも書いてあるはずである。

事項照会書」が残っているはずである。そして、どんな捜査に情報を使用するのかも書い

(5) なぜ、聴取に休日ばかり指定するのか？　ウイークデイでは都合の悪いことでもあるのか？　上司や同僚には秘密で、捜査の真似事をしているのであるなら、休日でないとまずい。平日では、本来与えられている仕事もあり、体が空かないはずだ。

(6) 脅迫状のコピーをなぜ、わざわざ自宅まで取りについて来たのか？　ファクスで送れば済んだはずである。別の目的があったから。しかし、中途で実行を諦めたと考えるしかない。

(7) Kの血液検査と尿検査が、今回の事件に何の関係があるのか？

(8) 鈴本はなぜ、身分を開示できないのか？　警察手帳を提示しないのも、所持していないのも規則違反である。都合の悪いことがあるのか？　本当に本庁の捜査一課の刑事なのか？　後述するが、実際は赤阪署など所轄の署員であった可能性がある。

（9）滋賀県警の押収した光ディスクに載っていたオヲム信者の数は、三千五百人程度であった。最盛期に一万人いた信者の三分の一に過ぎない。尾野が、このリスト以外に信者はいないと断言したが、根拠はない。

（10）Kは、「八月二十四日、アークテックの中ノ島・原野によって、薬物を飲まされた。検体を複数箇所に保管してある」旨を、尾野・鈴本に説明をした。正規の捜査であるならば、当然この検体の提出を警察官が求めてくるはずである。彼らは、なぜそうしなかったのか？　検体から、変なものが検出されると困るから？　それ以外に合理的な説明はない。

Kの姉の自宅の電話番号を鈴本がしつこく聞き、Kが本人の同意がないと教えられないと断ったこと、電車で平塚の自宅に行くことを主張したこと、自宅に訪問者がいることを伝えたことなど、尾野の方は、どうやらKが彼らの正体を疑っていると薄々わかったようである。繰り返し姉の電話番号を聞く鈴本をさえぎり、強張った顔をして「いや、結構です」と言った。

（注記：警視庁の内線番号については、不審な点がある。警視庁で内線番号のつく部署の場合、下4ケタが0110（代表）と決まっているので、鈴本がメモに書いた「03（3××1）4××1内735－321」も鈴本の名刺の「03（3××1）4××1内線735－320」も本来常設されている番号ではないはずだ。Kや関係者からの電話を受けるために、わざわざ設けた内線番号であろう。さて、どこに転送されていたのか？長野町の某カルト本部が転送先であったら面白いが……）

その後、十月三十日土曜の夜、その日にあった出来事を考えてみると、何らかの対抗策をとるべきだとKは考えた。相手が、強大で組織的ではあるが、間抜けでもあることがわかってきた。

そこで、まず接触のあった扶桑テレビ記者にファクスで連絡した。十月十七日に長時間、あれだけ熱心にKの話を聞いてくれた彼女は、本事件の信憑性を理解していたから、当然、警察官の動きに興味を示すはずであった。翌日、三十一日（日）にも追加で彼女にファクスを入れた。当然彼女から、すぐに反応があると思っていた。なかった。彼女は上司からこの件には触らないよう厳命され、ほかの仕事を大量に与えられて、忙殺されていたのである。

一九九九年十一月一日月曜、警察官が、偽装捜査に動き出した。

警視庁のカルトは、今回の参考人聴取がカルト警官を寄せ集めた偽装であったと判明するのをひどく恐れた。あくまでも、警視庁としての正規の捜査であるように粉飾したい。K自身は騙せなくても、周囲の人間にだけでも、そう思い込ませたい。そこで、Kの周囲の人間に働きかけることにした。それは、同時に、Kに対して圧力を掛ける意味もある。

休み明けの月曜日、彼らは鈴本に、早速、Kの東京の実家を突然訪問させた。何も身分を証明するものがないと疑われると考えたのか、「警視庁刑事部捜査第一課、警視庁警部補、鈴本忠一」という名刺を持ってきた。名刺には、手書きで「内線番号735－320」と書き加えてあった。

午前中のうちに到着した鈴本は、警察手帳をほんの一瞬、Kの両親にちらつかせた。しかし、両親には所属や氏名まで確認できなかった。そして、用意しておいた名刺を提示した。捜査を開始した旨を、両親に伝えた。息子の妄想であると思わせるためだろうか、「正規の医師の死亡診断書が出ているので、保険金殺人とは考えにくいんですよ。息子さんの考え過ぎじゃないんですかね」と言ったという。

正規の診断書を出した医師が犯罪組織の構成員である疑いを捜査しているはずの捜査官が、言うべき言葉ではない。それでも、年老いた両親は、鈴本の迫真の演技にまんまと騙された。

一方、Kはこの時点で既に、警察官たちが犯罪組織の一員であり、偽装捜査を関係者の前でやって見せようとしていると考えていた。

警視庁本庁に呼び出されて事情聴取を受ければ、普通の人間なら、まさか偽装捜査とは思わない。さらに、捜査のふりをして、数日後事件性はなかったとKと関係者に報告すれば、「何だ、やっぱり思い違いだったのか?」と納得してくれるはずである。普通ならば。これで、告発活動は抑え込めるし、必要に応じてKを拘束する手段を講じることも不可能ではない。

Kは、鈴本が実家を訪れた目的が、Kに対する恫喝であると感じた。告発をすれば、家族に危害を与えるという暗示をするために、わざわざ休み明け一番に実家に行ったと考えた。そこで、彼らの意図を読み、次の手を打った。

十一月一日月曜、昼前に警視庁捜査一課長あてに、思い切り嫌味ったらしいメールを送った。メールの内容を読めば、正体を見破られたことがはっきりしたはずである。連中は思い切り焦ったと思う。

警視庁あてのメールは、捜査一課長あての部分と宮沢・尾野・鈴本あての部分とをつなげたかたちで入れた。捜査一課長あてとしても、絶対に届かないのを承知の上である。宮沢らは、もちろん一課長の目には触れないようにメールを隠蔽したであろう。十一月三日の文化の日には、警視庁を再訪できないという趣旨のメールではあったが、ほかにも色々と書いておいた。宮沢らの捜査が擬装であることを見破りながらも、慎重に言葉を選んで、犯罪組織の動きを封じ込めるための文言を並べたつもりである。宮沢たちが次に何をしてくるか、予測してその通りを書いておいた。別件逮捕の計画も考えておいた。さらに、三人の役員・社員の殺害を依頼したアークテックに対する取引のもちかけともとれることを書いた。

数日して、まだ会社にいる一般社員から話を聞く機会があった。

十一月一日、午後四時ごろ、二人の警視庁刑事がアークテックに来たと言うのである。そして、中ノ島と応接室に入り、数時間、話をしていった。さらに、翌二日にも刑事が再訪している。

十月三十日に初めてKから事情聴取をして、実質捜査初日である十一月一日の午後に、主犯格に面会しているのである。捜査員二人が、尾野と鈴本であることは、その一般社員に写真を見せて確認したところ、間違いなかった。

Kの上記のメールで、追い詰められ、善後策を中ノ島と協議するためアークテックに行ったと考えるが、一方で警視庁警察官と身分を明かして訪問しているのは、あくまで捜査の一環という印象を一般社員に与えるためであった。

彼らにしてみれば、「事件性がないことがほぼわかったので、念のため被疑者の中ノ島に確認を取りに来た」との解釈を一般社員がすることを期待しての行動である。中ノ島から、一般社員には「Kが殺されると騒いでいるので、刑事が調べに来た。ばかばかしい話だ」という趣旨の説明がなされた。一般社員は無知蒙昧であるから、これで納得する。Kは、見事に同僚から気違い扱いされるに至った。K本人は構わない様子だが。

彼らは、一般社員がK同様の疑惑を持つことを恐れていた。だから、Kの告発が精神異常に起因すると社員に印象付けることが、必要だった。その意味で、刑事の来訪は頭のよい選択だったかもしれない。そんな計略を思いつくのは、中ノ島しかいない。中ノ島の悪知恵は、天下一品である。

一方で、彼らは刑事のアークテック訪問が、Kの耳に入るとは計算しなかった。Kは、八月以降、あえて誰とも連絡をとっていなかったし、盗聴を予測して一切情報が漏れないよう配慮していた。Kに情報をもたらす内部関係者がいるとは考えなかったはずである。

中ノ島も警察官も偽装捜査が見破られたことで、逆に犯罪の実在を証明してしまったことにひどくうろたえた。そこで、緊急に警察官と会って善後策を練る必要が出たのであろう。会議の場所をアークテックとしたのは、さすが、中ノ島の知能犯的判断である。

アークテックで、Kが警視庁に提出した書類をつぶさに調べ、策を練った。尾野の電話は、アークテックがKと金銭面で取引する用意があるという趣旨を伝えるものだった。警視庁の警察官が、殺人事件の口止め料を仲介してくれるのである。全く、すごい国である。日本は。だが、Kの目論みは、アークテックから金を引き出し、その金を支払った事実を突きつけて、犯罪の実在を立証しようとしたものだった。しかし、その試みは、鈴木に対する怒りが粉砕してしまった。後述する。

一九九九年十一月二日。

警察官は、Kの周囲の人間に働きかけた。

警視庁の連中は、Kの告発活動を阻止するために家族に働きかける手段をとった。実家の両親に対する接触は、専ら鈴木が担当した。二度ほど実家に電話して来た。

両親は、Kが警察官に疑惑を持っていたことを知っていたので、なぜ警察手帳や名刺を提示しなかったかなど、問い質したが、鈴木は必要がないと思って提示しなかったと説明した。老練の刑事が、世間知らずの老人を騙すのは簡単である。Kは、鈴木に騙された両親から、鈴本の提示した名刺を入手するのに苦労した。

鈴本の目論みは、（1）両親にKの告発が妄想だと思わせ、両親からKの動きを止めさせようとした。（2）両親に頻繁に連絡をとることで、Kに対する圧力をかけることであった。彼らに出来ることは、それしかなかったはずだ。

真面目に生きてきた普通の老人は、幾らなんでも警察官がそこまで穢れているとは思いもしないし、ましてや自分の周囲に警察官絡みの大犯罪が起きるなどと、現実的に考えることもできない。息子の妄想と考えることが、一番安易な逃げ込み場所であろう。それは仕方がない。

後でわかったことだが、十一月二日か三日のどちらかに、アークテックでKと疑惑を共有していた人物の神奈川の自宅に空き巣が入った。盗られた物はなかったようだが、部屋内が荒らされていたという。彼は警察を呼んだが、不可思議なことがあった由。

彼の部屋は一階部分で、二階にもガラス窓を破って侵入した形跡があったのに、刑事は二階の方を一切調べようとしないという。彼がなぜ調べないのかと詰問したところ、やっと動き出したという。

もし、この空き巣が彼に対する間接的な脅迫を意図するものであるなら、捜査にやってきた刑事についても疑惑がある。もちろん、その後この事件は迷宮入りである。窃盗犯もそれを取り締まる警察も、同じカルト組織の仲間だったのである。

一九九九年十一月八日と九日、尾野から電話が入った。八日、尾野から、自宅に留守番電話が入った。「今度、奥さんと一緒に会いたい」という、どすの利いたヤクザまがいの脅迫だった。「奥さんに聞かれたらまずいネタを握ってるぞ」という脅しである。要するに、警官は、アークテックから仕入れたKの個人的な情報を使って、脅しを掛けてきたのである。

カルト組織には、もはや脅迫を続けるしか、Kの行動を阻止する方法はなかった。「奥さんに会いたい」とは、奥さんに知られるとまずいことを掴んでいるぞという脅しである。警察官が民間人を脅したのである。

そこでKは、翌九日、警視庁捜査一課長あてに再度メールを送った。それから何度か、警視庁の犯罪被害者相談室や中ノ島あてにメールを送った。相手を休ませない。それが、Kのやり方だった。

十一月二十三日(木、祝日)、警視庁の刑事が自宅にやってきた。また、祭日だ。この警官たちは、一般同僚の目に付かない休日にしか行動できないらしい。ご苦労なことだ。十一月二十日、二十一日と続けてアークテックの中ノ島あてに最後通牒をファクスで送付したが、アークテックの回答を持ってきたのは警視庁の刑事二人だった。

午後二時ごろ、警視庁の鈴本と尾野が、Kの自宅を突然訪問した。扉を開けたKは、ちょっと待てと言い残し、中に引っ込んだ。鈴本と尾野には、Kが家の中で二回、どこかに電話をしているのが聞こえたはずだ。「例の二人が今来ましたので、もし何かありましたら、後のことはよろしくお願いします」。そう言っている声が聞こえたであろう。

しばらくしてKは、扉を開けて外へ出た。内心、やっぱり怖かった。二人を促してエレベーターに向かった。階下に降りて、ロビーの入り口で三人は話した。

尾野の顔は、まるで黄疸でも出ているかのように、黄変し薄汚れていた。一週間もろくに寝ていないかのようにやつれ、体は小刻みに震えている。よっぽど怖かったのだろう。Kの方だって、怖かった。鈴本は頭のよくない警察官とわかっていた。頭の悪い奴に限って、切羽詰まると過激な行動に出る恐れがある。

「今、第三者に連絡をとりましたので」とKが言うと、鈴本が口を開いた。「じゃあ、その人が来てから話をした方がいいんじゃないですか?」「いやあ、時間がかかるから」とKは答えた。

鈴本は、Kが別の警察官の誰と接触があるのか、調べていたのだろう。既に、警察官の横の連絡で、圧力を掛け、黙らせる算段をしていたのかもしれない。

腐った組織は、警視庁だけでなく、首都圏全域に広がっている。鈴本は、威圧的態度を崩さず、背広の左内側に始終手を入れていた。そこに、拳銃があるということを示したかったのだろう。この男は、世界最低の警察官として、ニッポン警察史上に名前を残す。Kはそう確信した。

「尾野さん、捜査の結果はどうなったの？　保険金は下りていたの？」

尾野は震える声で、搾り出すように答えた。

「調べたら、特に何も出てこなかった。那珂川さんの場合は、ちょっとあったけれど、子供の学資保険の類でね、ほかにはなかったですよ」

そう言いながらも、尾野の両膝はがくがくと震え、今にもその場に倒れそうなほど、動揺しているのがわかった。なんだか、かわいそうになってきてしまった。

「それじゃあ、要するに事件性はなかったということですね？」

「そうです」

「解りました。殺人の事実がないとわかったならば、それで結構です。ご苦労様。僕のほうも、こんなつまらないことにいつまでも関わっていられないんですよ。早く仕事を再開しないと、お客さんに迷惑を掛けるんでね」

実のところ、彼らが何も出来ないように、人通りのあるマンションの入り口まで同行させたが、まだ危険はあった。今日のところは帰らせようと思った。

「後は、お宅とアークテックとの間の交渉事だから。警察は、もう関係ないから」

この言葉の意味を、その場では理解できなかった。鈴本が、左胸のホルスターにしきりに手を入れるのが気になっていたのである。

後で考えれば、Kの最後通牒の内容どおりで、賠償金を支払うから、告発を止めてくれという意味であった。しかし、このとき、Kは鈴本の威嚇的態度に激高し、咄嗟の判断が出来なくなっていた。

組織は、「金銭でかたをつけるから、もう、これ以上の追及はやめにしてくれ」、そう、Kに伝えるために、尾野と鈴本を寄越したのだ。

組織も、ほとほと困っていた。偽装捜査であることは早々に見破られ、カルト宗教組織による犯罪であるとしっかり把握されてしまった。こんなことが公になれば、教団も在日社会も警察も、何もかもおしまいだ。だからカネを出すから、頼むから沈黙してくれと、懇願しに来たのだ。

だが、Kは、そうは理解してくれなかった。鈴本を連れて行ったことが徒になった。組織の長、宮沢は、顔を歪ませて、絶句した。

「そうですか。ところで鈴本さん、あんたは何で身分を明かせないんですか？　あんたの下の名前は何と言うんですか？　警察手帳を見せてください」

鈴本は無言だった。代わりに尾野が答えた。

「いやいや、今度の件は、私が担当しているんで。私が責任持ってやってますんで」

「解りました。警察手帳を見せてください」

尾野は、ぶるぶると震える手で、警察手帳を差し出した。

「あれ、警備課って書いてあるじゃないか？」

「それは、（警察手帳を）管理する部署のことです」

Kは、尾野の警察手帳を半ば強引に引き寄せ、ページをめくった。

「おう、本当だ。たしかに刑事部捜査第一課警部補、尾野善久って書いてあるわ。あんたのことは信用するよ。あれ、捜査一課長って、金子っていう人なの？」

「いや、前の人です」

「尾野さん、僕はあんたのことは信じるよ。鈴本さん、あんたはなんで身分を明かさないの？　信用しろって方が無理な話だ」

鈴本は、終始無言を決め込んだ。背広の内側に手を入れ、しきりにホルスターを触って、威嚇した。非番の日に短銃を携帯すること自体が、規則違反である。

Kは、この男が心底嫌いになった。まずいことは全て尾野に押し付け、自分だけは正体を知られたくない、安全を確保したいという、実につまらない男に思えた。一番嫌いなタイプだった。絶対に許すべきでないと思った。

この時点で、取引に応じて尻尾をつかもうという気持ちも吹き飛んでしまった。組織は、Kを怒らせてしまった。鈴本という不心得者のおかげで。

「尾野さん、僕が東京に事務所を持っているって、どうやって知ったんですか？　どこから聞いたんですか？」

「警察で調べました」

搾り出すように答えた。

「それじゃあ、何で宮沢ってやつは、うちのダイヤルイン番号に電話してきたんだよ？　どうして知っていたんだよ？」

「……ワタシはね、宮沢みたいにダイヤルインには電話していないでしょう」

「そうですね。ところで、宮沢って誰なんですか？　このあいだ警視庁で会った三人のひとりでしょう？」

「いやいや、この件はワタシが中心でやっているので。ワタシが責任持ってやってますんで」

警視庁の犯罪者一味は、表に出る一番ヤバイ仕事は全て尾野に押し付け、自分たち上の階級の連中は絶対に正体を明かさないよう、逃げ回っている。実に汚い連中である。尾野氏は貧乏くじである。彼が、またまたかわいそうになってきた。

こうして、短い会話の後に二人は帰っていった。尾野は、背中を丸めてとぼとぼと歩いていった。

Kは、尾野のうらぶれた後ろ姿を憐憫をもって眺めた。おかしな宗教に入らなければ、なかなか味のある親父さんじゃないか。勿体ない、と。

尾野は組織の中で一番危ない役を押し付けられ、この日も、組織の幹部から強要されてKに会いに来たのではないか？　近所で、幹部が嫌がる尾野の背中を押して、無理やり来させたような気がした。犯罪組織の中にも、警察の階級は歴然として存在するのだろうか。

彼らが帰った後も、Kの興奮は収まらなかった。何人かの関係者に電話で刑事の来訪を伝えた。

Kの実家には、その日の午後、今度は鈴木から電話が入った。捜査の終了を告げ、「後は、息子さんとアークテックとの間の交渉だから」という内容だった。

年老いた父親は、必死にこの電話を小さなテープレコーダーに録音した。彼も、息子の身の安全にそれが必要なことと、漠然と解っていたのである。鈴木は、Kと直接会って、取引を持ちかけたはずが、Kに意思が伝わっていないことを恐れたのだろう。そこで、両親に電話して念を押したかったのかもしれない。

しかし、実際のところKは、取引のことなど頭からぶっ飛んでしまっていた。取引に応じるどころか、まずアークテックの中ノ島に同日夜、十時四十分、ファクスを送った。そして、午前零時を過ぎてから、三通目の請求書ファクスを送った。その日の警察官の来訪を脅迫と捉え、当日分の慰謝料を上乗せした改定請求書を添付した。普通なら、この二本のファクスで、取引拒否の意思表示ととるはずだ。

一九九九年十一月二十四日。警視庁の鈴本は、また自宅近辺に現れた。

Kが、取引を拒否し、逆に各方面への告発活動を再開したことに一味は困惑したであろう。翌二十四日、Kの自宅となりのスーパーで、夕方、鈴本が弁当を買っているのを、買い物に出た家人と友人が目撃した。家人は、二十三日に来た刑事の顔をよく覚えていた。眼鏡を外して偽装したつもりだったかもしれないが、家人にはわかった。Kの帰宅を待って、拉致でもするつもりだったのか？

家人は、経緯を知っていたので恐ろしく思い、すぐに実家に電話をした。そして、昨日来宅したのと同じ刑事を見かけたことを伝えた。鈴本は、それを盗聴していたのだろうか、居なくなった。おかげで、遅く帰宅したKは拉致もされずに済んだ。

そしてこの一九九九年十一月二十四日以降、変な連中がうろつき始めた。十一月二十三日、二十四日の出来事に前後して、いろいろと変な連中が自宅やKの周囲に出没するようになった。日中めったに人通りのあるような場所ではないのに。

もちろん、全てが組織の人間ではないだろう。Kの勘違いもいくつか含まれるだろう。しかし、中には後からオヲム信者や別の宗教団体の信者とわかる連中もいたのだ。

駅の横断地下道の出口で、物陰に隠れてKの写真を超望遠レンズで撮影している男がいた。近づいていくと、足早にその場を離れ、近くの花を超望遠レンズのまま撮影するふりをしていた。いい写真は撮れただろうか？　先回りして、正面に現れてみたら、なぜか道の反対側に逃げていった。後で、幹部に間抜けぶりを怒られただろう。

十一月二十七日の夜、ある関係者の自宅近くで、二十代後半から三十代前半の不審な男女を見つけた。酒屋のそばにワゴン車を止め、どう見ても酒屋の店員と配達員にしか見えない格好で、一時間以上立ち話をしていた。異様に大きな声で、大学時代のサークルの話をしていた。

男の方は、缶入りドリンクの段ボール箱を一つ抱えたままの姿で、一時間、話を続けていた。男の左耳に携帯電話用のイヤホンが差してあるのに気づいた。近寄って、パソコンで写真を撮ったら、そそくさと車に乗っていなくなった。もしかしたら、関係者がKに情報提供していると考え、その人物の拉致や脅迫を計画していたのかもしれない。

Kが消せない・黙らせられない

以後、彼らとKとの直接の接触はなくなった。「正規の捜査を装い、事件性なしと結論付けて見せて、Kを納得させる」はずが、逆に、宗教組織による大規模な隠蔽工作を見破られてしまった。こうなると、とにかく撤収作業を急がなくてはならない。

組織は、全力を挙げて、保険金殺人の証拠隠蔽に奔走した。あらゆる書類を処分し、関係者には徹底的な緘口令を敷いた。余計なことを喋りそうな部外者には鼻薬を嗅がせた。

だが、事後の隠蔽工作を完璧に行うことなど、もとより無理なことだ。犯した犯罪を物理的に消し去ることなど、できるわけがない。死んだ人間は生き返らない。掛けた保険の記録を抹消するには、損害保険協会を丸ごと爆破するしかない。隠蔽工作は機能しないし、隠蔽工作自体が、疑惑を生んでしまう。八方ふさがりだ。また、Kを放置もできない。実力行使で口を封じなければ、次に何をしてくるかわからない。組織は焦った。

Kを抹殺する計画が組まれ、実行に移される。オヲム潜入時代から実績のあるVXガスを使用した殺人計画が発動される。統率信者の実行犯が、Kの自宅マンションの敷地内で、Kが現れるのを待つ。上下、白っぽいトレーニングウエアを着た三十代の信者は、夜のジョギングに出てきたマンション住民を装って、マンションの中庭で待機する。目つきの悪さが、宗教信者であることを物語ってはいるが、マンション住民がジョギングに出てきたように、見えないこともない。

しばらくすると、Kが出てきた。ゆっくりと中庭の広場を横切っていく。近くの自動販売機にでも用があるのだろうか？　統率信者は、足音のしにくいスニーカーを履いている。近くに人影は何人かは見掛けられるが、この際、目撃されることも計算の上での行動だ。

信者は、音を立てずにKの背後に近づいていく。右手には、VXガスの入った注射器が握られている。VXでKを昏倒させた後は、現場に居合わせた「善意の介護者」を装う手はずになっている。マンション住民がKの周囲に集まってきて、救急車が呼ばれている間に、実行者は姿を消すシナリオだ。

事前にVXガスの解毒剤を処方されている信者は、Kの背後にピタリと張り付き、注射器をKの首筋に向けて持ち上げようとした。その瞬間、Kは急ブレーキを掛けたかのように立ち止まり、瞬間、後ろを振り返り、信者の顔を不敵な笑いを見せながら、ギロリと睨んだ。まるで何もかも解っていたかのようだった。

信者は、右手の注射器を咄嗟に隠し、狼狽を噛み殺して、平静を繕い、Ｋから視線をはずし体を横に向けてＫから離れた。

Ｋの暗殺計画は、こうして失敗した。なぜ、気がついたのだろうか？　Ｋが気づくのが、あと一秒の何分の一か遅ければ、薬物攻撃は成功していたはずなのに。どうやら、Ｋには、背中にもうひとつの目がついていたようだ。信者たちにはそうとしか思えなかった。

実行者の成功の報を、近くの駐車場で首を長くして待っていた信者の一団は、実行者の落胆した顔を見て、全員が肩を落とした。今日を限りに保険金殺人を探られることはなくなると期待していたのに。しかし、この失敗で、同じ手口は使えなくなった。相手に警戒心を植えつけてしまった。組織は少ないチャンスを生かすことに失敗したのである。

暗殺ができないのなら、脅迫で黙らせるしかない。だが、Ｋの周囲にオヲム信者を徘徊させたくらいでは、なんの効果もないことはわかっている。

組織は、権藤組にこの仕事を頼んだ。権藤組の在日ヤクザ二人が、Ｋの自宅に派遣された。いかにもヤクザ風の風体をした在日朝鮮人のヤクザは、外出していたＫの帰りをひたすら待つ。マンションの入り口にたむろし、のべつまくなしにタバコを吸い、足元に吸い殻を投げ捨てる。足元が吸い殻だらけになったころ、Ｋは帰ってきた。ヤクザの顔をじろりと睨んだ後、Ｋはエレベーターで自室へと昇っていった。

ヤクザは、「周囲に待機している」という事実をKに知らしめ、Kに恐怖心を持たせることが使命である。もとより、Kに手を出すことは、幹部から禁じられている。階下で、Kを待つ。もう一度、Kに圧力を掛けるために。エレベーターの前で、Kが出てくるのを待つ。今度はエレベーターの前に、吸い殻の山ができる。全く、道徳心の欠如した連中である。チンピラヤクザに道徳心を求めるほうが異常なことかもしれないが。

しばらくすると、エレベーターの脇の階段を、人間が駆け降り、ヤクザの前を通過していった。ヤクザが、男がKであることを認知するまでの一秒ほどの間に、ヤクザの耳に二度ほどの電子音が聞こえた。Kは小型のデジカメを片手に構え、ヤクザの直前を通過しつつ、写真を連続して撮影していったのだ。

ヤクザは、圧力を掛けるためにKの自宅に来た。だが、逆に圧力を掛けられるネタである写真を撮られてしまったのである。実に間の悪い連中である。Kはこれから写真をどう使おうか思いをめぐらし、にやりとした。使い道はいくらでもある。

Kは、組織が考えるほど甘い人間ではなかった。そのまま、沈黙してくれるほど、扱いやすい人物ではない。

ある日突如として、アークテックの中ノ島、原野、岸田、そして警視庁の尾野、鈴本の写真がインターネット上に晒された。警視庁の現役警官が、保険金殺人の幇助犯として、ネット上で堂々と晒されたのである。保険金殺人事件の背景を詳細にわたって分析し、解説している。

カルト組織は唖然とした。だが、対策が無い。事実無根なら、名誉毀損で対処もできる。だが、事実ばかりだから、法的行為などとれば、やぶ蛇の結果になる。殺人の事実があるのだから、どうしようもない。

当面彼らには、放置するしかなかった。放置されたホームページは、日に日に多くの人の目に触れていく。一体誰が情報を共有しているかわからない恐怖が、組織を苦しめる。組織の周囲に包囲網が出来上がっていくような恐怖。外側からのぞき見られる恐怖。

Kは、事件の背後の組織が、このままKを放置しておくとは考えていなかった。元オヲム信者による暗殺計画は失敗したが、組織は、ほとぼりの冷めた頃に再度行動を起こすと読んでいた。そして、Kの推測どおり、ある程度時間がたって、Kの周囲の人物が、Kの告発の事実を半分忘れた頃に、Kを抹殺することを組織は具体的に計画していたのだ。Kの親族や周囲の人たちが、「自然死」と疑わない形で、Kを抹殺することが、組織の安全を守る唯一の手段だ。

だが、Kは宗教組織が汚い手口を使ってくることを予測し、予防的な対抗手段に出たのだ。それが、インターネットによる告発である。ホームページを作って、実名と写真をなんの躊躇もなく公開し、犯罪の実在性を詳細にわたって解説する。そして、そのHPを日本最大の掲示板に自分で作ったスレッドと連動させる。

日本最大の掲示板の中の「警察板」という、僻地のような寂れた人影まばらなフォーラムがある。そこに、Kは「告発します」なる、実に単純明快なスレッドを立てた。そこを訪れた人たちは、記述されているURLに誘導されて、Kのホームページを訪れる。最初のページに、警視庁の現職警察官の顔写真が堂々と出現し、刑事のどすの利いた肉声が流れる。

Kは、宗教組織による犯罪が実在することを、まず最初に警察組織に知らしめることを考えた。警察機構が、既に宗教組織に隷属しつつあることはわかっている。だから、正攻法で宗教組織の犯罪を告発しても、取り上げられない、潰されるのは解っている。だから、インターネットを使って、宗教組織の影響下にない警察官に情報を共有してもらおうと模索した。結果、「警察板」が告発の場として選ばれたのである。

組織にしてみれば、警察内部に組織に支配されない、危ない情報をつかんでいる人物が存在するかもしれない、しかも、それが誰であるかわからないという事態は、対処の方法のない危険である。組織がどれほど強力であっても、相手が誰であるのかわからないのでは、どうにも手も足も出ない。

Kの掲示板攻勢に、組織は、後ずさりした。全く予想しない反攻だった。一体どうなるのか？　こんな経験は、組織にも一度もなかった。ネットでここまで晒されるなんて……。

組織は、保険金殺人に従事してきた当事者たちに直接、防戦に従事させる。カルトの保険金殺人組織の当事者たちは、Kの立てたスレッドに、潜伏先のアジトから二十四時間張り付く。Kを中傷し、誹謗し、恫喝し、必死に潰そうと試みた。だが、Kは潰れない。それどころか、日に日にKのホームページを読む人物が増えてくる。スレッドも盛況だ。

以後、Kは、スレッドの議論の中身を単一の保険金殺人事件だけではなく、社会問題全般と宗教犯罪組織のかかわり、オヲム事件の真相解明などに広げていく。日本と世界の真の姿に肉薄しようとする試みに、多くの有志が参加してくる。警察板のスレッドは第九部まで継続する。派手ではないが、毎日、新たに人が訪れ、掲示板とKのHPを読んでいく。

組織は、一般の警察官が、事件を認知することを極度に恐れる。しかも、どこで、どの警察官が読んでいるか、察知する方法はない。Kを抹殺する計画は、「同僚の警察官が、どこかで、KのHPを読んでいるかもしれない」という危惧がある以上、実行不能となった。Kは、インターネットを駆使することで、宗教犯罪者から身を守る手法を開発したのである。自分の身を守るのに、インターネットが有効であることを発見したのである。

Kは、自分の身に起こった不可思議な出来事の数々の背景を知りたいと思った。だが、誰に聞いても要領を得ないし、下手をすれば気違い扱いされるばかりである。一体、この世の中はどうなっているのか？　日本と世界の本当の構造を知りたい。

Kのインターネットを活用した「真実探し」が始まった。初めに、オヲム事件を調べた。そこから、層和や統率の暗躍が浮かび上がってきた。そして、これらのカルトが実質、朝鮮半島系の人士の支配下にあることもわかってきた。さらには、これらのカルトの背後に、強大な世界権力が控えていることも、判明した。

Kは、ネットの場で、調査結果を公開し始めた。少しずつだが、Kの言説に興味を持つ人たちが集まってきた。

二〇〇一年九月十一日、ニューヨークで同時テロが発生した。Kの掲示板には、事件発生からわずか十分後には「アメリカの自作自演説」が論じられていた。

警察板の議論で、社会の構造に深い洞察を行ってきた掲示板の仲間たちにしてみれば、アメリカが、やらせテロを敢行することなど、別に不思議なことではなかったし、充分予測できたことだったのである。

Kもしばらく事態を見極めた結果、「自作自演」であると結論付けた。そして、『ブッシュ親子の自作自演テロ』なるスレッドを「タリ板」と呼ばれる人口密度の高い盛況なフォーラムに立てたのだ。

９１１事件は旬なネタである。多くの人が関心を持って掲示板を訪れる。Ｋは、この場でブッシュたちの犯罪を断罪すると同時に、宗教組織の保険金殺人の事実をも、併せ伝え続ける。

その後、スレッドは、さらにメジャーな「ニュース議論板」に移し、四十九部を数えるまで継続されている。延べにして四万九千人以上の人たちが書き込んだ計算になる。読んだだけの人たちは、その十倍はいるだろうか？　その後、Ｋは、請われて全国で講演を行い、何冊もの本を出版するにいたったのである。

これが、Ｋがインターネットの世界で、世界の構造についての考察を始めた経緯である。杉並の住宅街の坂道が、世界のなぞを解く出発点となったのである。「インターネット・ジャーナリズム」なる、新たな概念の誕生である。

リチャード・Kの誕生

さて、ここまでは、筆者が過去に記した部分である。だが、読者は「そのあと」を知りたいはずである。

Kは、ネット・ジャーナリストの活動を本格化させる。二〇〇六年からは請われて外部の講演会にてスピーチを行う。リチャード・K（RK）なるペンネームを使う。二十三歳で東南アジアの商社駐在事務所に赴任した時に現地の友人からつけられたクリスチャンネームを、そのままペンネームにしたのだ。ただし、RKはキリスト教徒ではない。

二〇〇六年の八月には、初めて公の場に登場する。ワールドフォーラム例会で講演を行う。

「911からオヲム、小泉靖国参拝まで、『誰も気づかなかった』が『それ以外ありえない』世界の構造を、わずか五十数分で暴き出し衝撃のデビュー」と評される。これを契機にKの周囲に人が集まってくる。後援会を組織しようという話が出てくる。

組織の名前がなかなか決まらない。「日本は戦後六十五年たってもまだ独立していない。だから、独立党にしよう」と、Ｋが提案する。皆が即座に賛同する。以来、ＲＫ独立党は多くの賛助会員を加えて二〇一四年現在も成長しつつある。会員にならなくとも賛同する人たちはさらに増える。自ら「心情党員」と称する人たちが正規会員の数十倍にも膨れ上がる。

「ブログ」なる新たな媒体が世の中に流行(はや)り始める。二〇〇六年十月、ＲＫも大手電機メーカー系列のブログ・スペースにブログを開設する。

最初は一万程度のデイリーアクセスしかなかったブログが、次第に閲覧者を増やしていく。３１１を契機に閲覧者がどっと増える。

放射能パニックに陥った主婦たちが救いを求めて殺到する。「３１１は外国勢力によるテロではあるが、本当に日本を深刻な放射能汚染状態にさせてしまうとテロ勢力も困る。テロリストの仲間も死んでしまう。事後、経済的に乗っ取る予定の日本の価値を放射能汚染で台無しにしてしまうような愚挙は行わない。見かけだけの汚染に過ぎない」との解説に多くが納得する。

ブログアクセスが一日八万に到達する。電機メーカーのブログサイトのアクセストップ10は、常にＲＫの記事でほとんど独占される。政治経済ブログがこれだけのアクセスを集めるのは、極めて異例なことだ。それだけRK言説に注目が集まっているということだ。そして、12・16衆院不正選挙、7・21参院不正選挙でブログアクセスは九〜十万に増える。二〇一三年九月には、ついにアクセス累積数が一億に到達する。

二〇一二年十二月と二〇一三年七月の衆参選挙で不正選挙が行われる。TPP賛成、原発存続、消費増税賛成の議員ばかりが当選する。選挙後出来た安倍偽総理の政権下で、一気に日中、日韓関係を壊そうとする動きが政界で起きる。背後に米国権力がいると確信する。

不正選挙を察知したRK独立党は、法廷闘争に打って出る。票の数え直しと再選挙を求める訴えを全国の高裁で十五件以上提起したのである。

開票立会人を務めたRK独立党員が開票所で目撃した様々な疑惑を法廷で訴えるが、予想通り、高等裁判所の裁判官はみな、選管の味方であり、次々と原告の訴えをたった一回の口頭弁論で退ける。十五秒の判決文読み上げで訴訟を握り潰す。その光景は、盗撮され、海外のサイトに法廷映像がアップロードされる。

裁判長の蛮行に、原告も傍聴席の全員も立ち上がり声を荒らげて糾弾する。その一部始終がネットで公開され数多のネット住民に閲覧される。それも一回だけではない。四回もの裁判の模様が盗撮され公開される。

本来なら大事件であるゆえ、テレビ・新聞で大きく取り上げられるはずだ。だが、不正選挙を敢行した裏社会は、メディアを完全支配している。一部のフライング報道を除いて、一切が黙殺される。報道がされないことが「不正選挙の証拠」と皆が確信する。
そして、RK独立党は、さらに最高裁に上告することで追及の手を緩めない。

RKは逐一、時機に即した書籍を自費出版で世に出す。
第一作『911自作自演テロとオウム事件の真相』
二〇〇六年十二月、処女作を三〇〇〇部ほど刷ってみる。出版界のしきたりも構造もわからず、闇雲にB6サイズの薄っぺらい貧相な書籍を作ってみた。右も左も上も下もわからない。こんな得体の知れない自費出版本など、どこの書店も真面目に考えてはくれない。だが、書店業界最大手のK書店の新宿本店が扱っていただけることになった。池袋のJ書店本店も扱ってくれる。神保町のS泉も非常に好意的だ。初版が売り切れる。増刷する。以来、これらの書店は、RKの自費出版本を買える場所として、多くのファンに支えられている。
第二作『世界の闇を語る父と子の会話集』
第三作『続・世界の闇を語る父と子の会話集』

第四作『第三集・世界の闇を語る父と子の会話集』

第九作『日本独立宣言』（世界の闇を語る父と子の会話集特別編）

「父と子の会話集」シリーズ三作を出版する。様々な社会事象を父と息子の対話形式で解説した。二〇一三年の二月には同じシリーズの第九作を上梓する。

第五作『小説911』

911の真相、内部犯行の実情を小説形式で一冊の本にする。911の本質的理解が現代日本の理解に不可欠だから、この本を出したのだ。

第六作『二〇一二年　アセンションはやって来ない』

巻では、アセンションなるものが到来して、地球はフォトンベルトに包まれ暗黒の三日間が訪れる……といったオカルト話が横行していた。このブームの背後に世界裏権力の思惑を読み取り、それを真っ向から否定した。フォトン、つまり、光は輪にはならない。ベルトにはならない。二〇一〇年七月の出版である。

第七作『311同時多発人工地震テロ』

二〇一一年三月十一日に発生した東北大地震。すぐさま、情報分析し、「人工地震」であると断定し、米国権力によるテロであると確信する。急遽執筆に取り掛かり、五月半ばには出版にこぎつける。最大手ネット書籍販売会社から五〇〇〇冊に近い大量注文が入る。なんだかよくわからないまま、独立党員の持ってきたトラックに乗せて、党員みんなで千葉の倉庫に搬入する。納入したすべてが売り切れる。K書店など書店での販売も極めて好調だ。増刷する。

第八作『リチャード・コシミズの新しい歴史教科書』

第十一作『リチャード・コシミズの未来の歴史教科書』

本来学ぶべき事柄が教科書には記載されていない。世界権力に都合の悪いことは書かれていない。そこで、知るべき真実を網羅した新しい歴史教科書を出版する。好評である。ついで、初めての公刊書となる第十一作『リチャード・コシミズの未来の歴史教科書』を二〇一三年十二月末、出版社から出していただく。売れ行きはこれも好調である。

第十作『12・16不正選挙』

二〇一二年十二月十六日に行われた衆院選挙で不正の存在を確信し、即座に執筆に取り掛かる。二〇一三年一月末、出版にこぎつける。不正選挙追及の中で生まれたキャラクターである「トリモロス君」の勇姿が表紙を飾る。安倍晋三首相のテレビCMが言語不明瞭で、「取り戻す」が「トリモロス」と聞こえることから誕生したキャラクターだ。


ＲＫの講演活動に拍車がかかる。ＲＫ独立党主催の講演会を全国で展開する。

東北は、仙台、盛岡、弘前、北秋田、秋田、北上、気仙沼、南相馬、鶴岡、天童、福島など。

北海道は札幌、函館、小樽、釧路、帯広、旭川、苫小牧。

関東は、東京、町田、横浜、船橋、横須賀、鎌倉、甲府など。

東海北陸は、金沢、新潟、松本、静岡、浜松、沼津、豊橋、名古屋など。

近畿は、大阪、神戸、奈良、京都、和歌山など。

中国地方は、岡山、広島、倉敷、鳥取など。

四国は高松、松山、徳島、高知。

九州は、福岡、北九州、佐賀、長崎、熊本、鹿児島、阿久根。そして那覇。

さらには海外へ。台北とソウルで講演を実施する。

次は、二〇一四年、ニューヨークだ。

全国のすべての地方にRK独立党の支部が誕生する。どこの地方で講演を行っても独立党員が手弁当で駆けつけて手伝ってくれる。二時間弱の講演の後には、地元の美味しい食材が待っている。心情の共通する仲間が集まり、初めて会ったのに二十年来の友のように打ち解け、話が弾む。

講演の内容は、政治経済にとどまらず、健康、医療、食糧にも広がる。現役の医師らをMCとした講演会も開催する。講演の回数は二〇一四年一月四日現在で百五十五回に到達した。いつどこで講演を開催しても必ず有志が参集してくれる。熱い思いが観客席からひしひしと伝わってくる。講演は、できうる限りユーストリームで「同時中継」する。その数日後には、編集した動画をユーチューブで公開する。だれでも無料で視聴できる。さらには、講演動画をDVDに焼いて販売する。知人友人に贈って、観てもらいたい方が購入する。ネット環境にない方が購入する。一部の書店でもDVDを置いてくれる。

RK名言BOTというサイトを有志の方が展開されている。RKの講演などでの発言を抽出して紹介いただいている。

リチャード・コシミズ名言BOT

青年よ、あえていばらの道を進め。

政治が正義に基づいて日本人のために行われる日を実現しなければならない。そのためには、歴史の真実を日本人が知らなければならない。

戦争というものは、誰かの利益のために捏造されるんです。戦争によって利益を得る連中のために我々の子供たちを死なせるわけにはいかないんです。

「トラブルがあるからこそ、次に成功がある」。私はそれが分かっている。だから、どんな苦しいことがあっても、朗らかでいられるんです。

我々の仲間を増やすことが、我々自身が助かる方法です。我々の子供たちを戦争に送らないで済むためには、それしかない。私も私の息子が戦争で死ぬのは、絶対に見たくない。戦争の危機すらある、ということを、周りの人に知らしめましょう。それ

が我々の仕事である。責任である。

我々には、それぞれ与えられた使命がある。その使命を一個ずつ果たさなくてはいけない。それを全部、総合してみると、理想の社会が出来る。

あくまでも誠実に。愚鈍なまでに、誠実に。

ここ三十年くらいかけて、日本人の愚民化が進んでいる。一つには、「ゆとり教育」なんてくだらないこと。ゆとりなんて与えちゃダメなんだ。勉強というものは、厳しいんだから。脱落者を出しちゃいけないんじゃなくて、脱落者は、出て当たり前。

「常識」というものが「真実」でないことが多過ぎる。常識を一回捨てることで、真実に辿り着く。

目先の利益を求めて志を曲げる人物には、本当の幸福は訪れないのです。

経済は、企業が工業が産業が元気になれば、良くなるんです。工業が発展すれば、税収なんか放っといても増えるんです。そういう前提でもって、国家の発展を、五年先十年先に見据えて、政治を運営しなければならないんです。

逆境が英傑を育てる。

日本・韓国・中国にロシアが加わった四つの極東の国が、経済的に協力したら、世界一の勢力です。私は、二十一世紀はこの民族的にも文化的にも近い関係にある民族が一緒になって、世界をリードしていくべきだと思います。東アジア共同体を作り、一緒に経済を運営しましょう。

現状を打破しようと思ったら、自分で頭を使って行動するしかないんです。苦しい中でも自分で頭を使って新しいものを生み出してください。自分で考えてください。自分で考えないと、問題を解決する能力が備わらないんです。

人生は一回しかない。人間はどう転んだって、いつかは死ぬ。長く生きることは重要なことではない。自分自身が自分の人生に満足して、笑って死ねればそれでいい。樋口一葉は二十七歳、シューベルトは三十二歳で、生きてるうちは全然評価されずに死んだ。

我々は、常に知性と正義感だけで戦っている。「カネ?」興味ない。「権力?」いらない。我々が欲しいのは「正しい社会」、それだけです。それを手に入れるために知性と正義感を使っている。だから我々が一番強いんです。この地球上で。

日本からユダヤ金融資本を放逐し、手先の傀儡売国奴を駆除し、安心して眠れる、人生を楽しめる社会を作りましょう。その目的のためにこの(不正選挙)裁判を最大の機会に活用します。

辺境の公立高校を出た優秀な子供が一流大学に行ける国が正常な国。「大都市、親の年収一〇〇〇万以上、中高一貫私立」が一流大学合格の条件である国にまともな人材が育つわけがない。貧乏であっても優秀で勤勉な学生なら公的私的奨学金を得て、

思う存分勉強できる環境を作るべき。

「道徳があれば、法律は要らない」そういう社会を作りたい。

私が危険を顧みずにこういう講演をしているのは、自分や自分の家族を守るためなんです。だけど、家族だけを守ることは出来ないんです。国を丸ごと守って、アジア全体を守らなければ、自分の子供を守れないんです。

一流の人間は、テレビに呼ばれない。

この日本という技術立国のはずの国で、医者や弁護士の分野にばかりに優秀な人が行っちゃったら、この国はどうなっちゃうんですか？　本当に優秀な人は、その能力をもっと他のところで使おうと、なぜ考えないのですか？

「金融工学」でカネを転がしてカネを作っていこうなんて発想自体が、人間の進むべき道じゃない。我々日本人は、品質を物に込めて、良い物を作ってきた。それで食っ

てきた。我々は、カネを転がそうなんて、そんなセコイことは考えない。

＊＊＊＊＊

日本を日本人の手に取り戻したい。世界を正常な軌道に引き戻したい。その思いを常に心の中に抱き、正義感と熱意だけを武器に、今、この瞬間も戦っている。二〇一四年は、世界覚醒の記念すべき年である。

（完）

◉著者について
リチャード・コシミズ
知性と正義感を唯一の武器とする非暴力ネット・ジャーナリスト。1955年東京生まれ。青山学院大学経済学部卒業後、商社勤務中に同僚の保険金殺人事件に遭遇、警視庁に告発すると同時にネットで情報を公開した。しかし警察は訴えを門前払いにして受理しなかった。これをもってネット・ジャーナリスト活動の原点とする。その後、オウム事件、911テロ事件、さらには巨大宗教団体の背後の「ユダヤ金融資本権力」の存在を指摘し、旺盛な言論活動を展開、ウェブサイトは累計1億アクセス超と絶大な支持を受けている。全国各地で講演会・勉強会を手弁当で開催し、その模様を惜しげもなく公開している。2007年には自身の後援会「独立党」を結成、2012年の衆院選、2013年の参院選挙における「不正選挙」を糾弾し、全国各地で訴訟を提起、その一部始終を自サイトで公開している。著書には自費出版で刊行した10作をはじめ、初の公刊書として『リチャード・コシミズの未来の歴史教科書』(成甲書房刊)がある。

リチャード・コシミズ独立党
http://dokuritsutou.heteml.jp/
リチャード・コシミズ・ブログ
http://richardkoshimizu.at.webry.info/

リチャード・コシミズの
小説(しょうせつ)ではない小説(しょうせつ)
日本(にっぽん)の魔界(まかい)

◉著者
リチャード・コシミズ

◉発行日
初版第1刷　2014年2月25日

◉発行者
田中亮介

◉発行所
株式会社 成甲書房

郵便番号101-0051
東京都千代田区神田神保町1-42
振替00160-9-85784
電話03(3295)1687
E-MAIL　mail@seikoshobo.co.jp
URL　http://www.seikoshobo.co.jp

◉印刷・製本
株式会社シナノ

©Richard Koshimizu
Printed in Japan, 2013
ISBN978-4-88086-312-2

本体価は定価カードと
カバーに表示してあります。
乱丁・落丁がございましたら、
お手数ですが小社までお送りください。
送料小社負担にてお取り替えいたします。

リチャード・コシミズの
未来の歴史教科書

リチャード・コシミズ

１億超アクセスの支持を得るネット言論界の雄、初の公刊書。知らずに生きるのは悲しすぎる！本来は教科書が語るべき、真実の歴史。《本書の内容》――戦後70年は日本人劣化の歴史（消えてしまった日本人らしさ、なぜ日本人はこれほど劣化したのか？その恐るべき真因を探る）、からゆきさんと日本の近代化（明治初期、最初に海外に出て行った日本人娼婦を待ち受けていた過酷な運命と近代日本の道程）、安政東海地震と日露関係（隣国ロシアと日本の歴史秘話と、日露の善隣連携を邪魔するユダヤ勢力の隠された思惑）、幕末貨幣改鋳・南北戦争・戊辰戦争（幕末開国と同時に金銀財宝を外国勢力に奪取され、南北戦争の余波が明治維新を実現した裏面史）、安心安全食材の歴史（川越名産のサツマイモは人糞施肥の救荒作物、農水官僚とモンサント社らが破壊した日本農業）、戦闘機パイロットの生と死（無謀な特攻作戦で散っていった日本の若者たち、1945年当時の敵は現在の敵と同一である）、火星のトカゲとリス⁇（ＮＡＳＡ公式サイトで火星の生物発見⁉――「大きな嘘はバレない」と嘯く世界最強大国の欺瞞）、アドルフ・ロスチャイルド・ヒットラー（ヒットラーもスターリンもクリントンもオバマもみんな同じ血が、ユダヤ世界支配計画の全貌）、日韓併合とオウム事件の関係（日本に渡った朝鮮の民が北朝鮮ネットワークに利用される歴史、誰も書けないオウム事件の真相）、不正選挙追及が未来の日本をつくる（12・16衆院選、７・21参院選は全国規模での不正選挙！正義の集団訴訟同時進行ドキュメント）……好評増刷出来

四六判上製◉本文420頁◉本体1900円（税別）

◉

ご注文は書店へ、直接小社Webでも承り

異色ノンフィクションの成甲書房